JN228432

星海社
FICTIONS

私がモテないのは
どう考えてもお前らが悪い!
小説アンソロジー

谷川ニコ
辻真先
青崎有吾
相沢沙呼
円居挽
原作・Illustration/谷川ニコ
監修/スクウェア・エニックス

星海社

Illustration　谷川ニコ
Book Design　Veia
Font Direction　紺野慎一

私がモテないのはどう考えてもお前らが悪い！

小説アンソロジー

目次

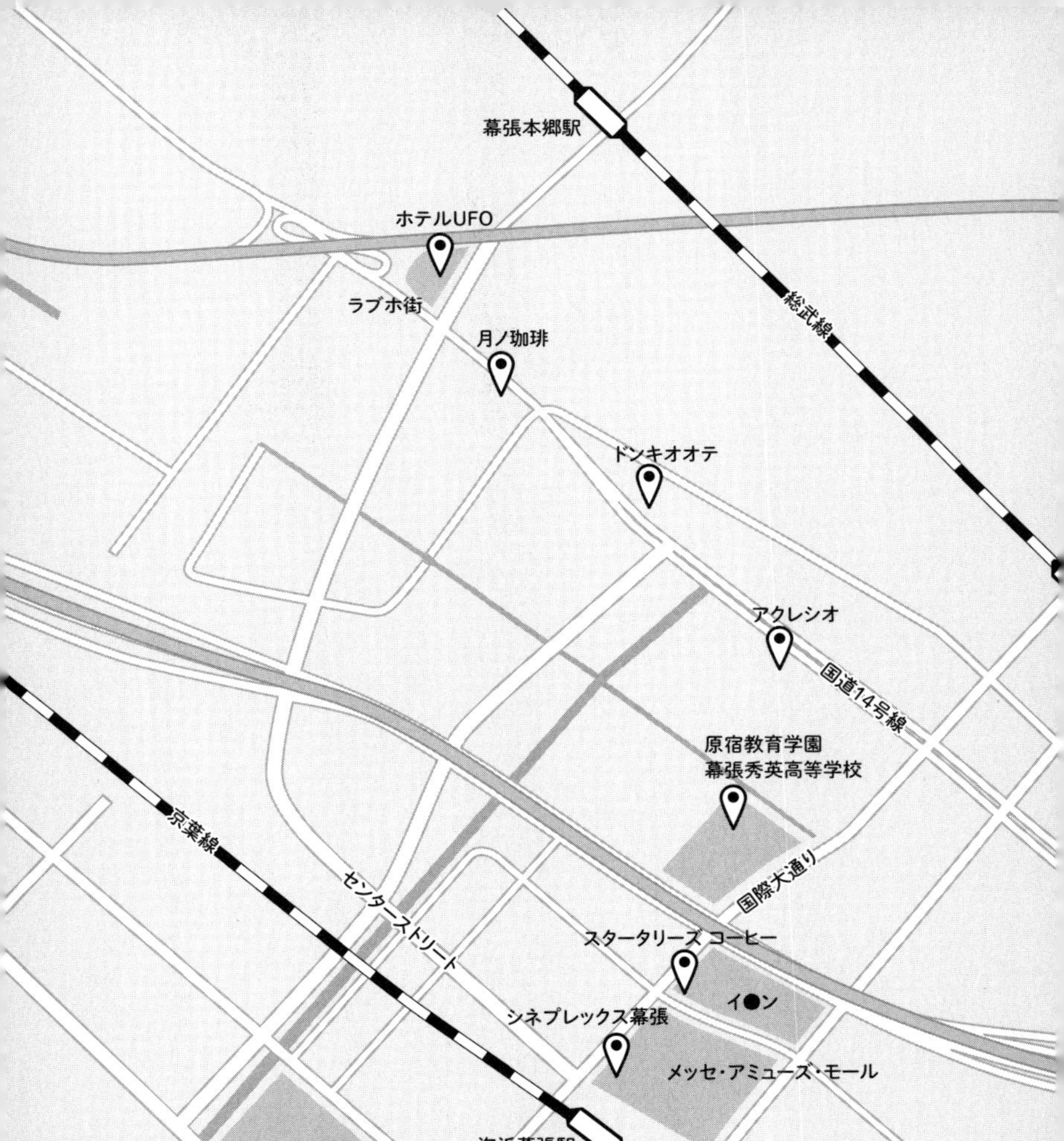

原宿教育学園幕張秀英高等学校　周辺図

※「原宿教育学園幕張秀英高等学校」「月ノ珈琲」など、架空の学校・店舗の位置については、『私がモテないのはどう考えてもお前らが悪い!』作中の描写から星海社編集部が推定的に示したものです。

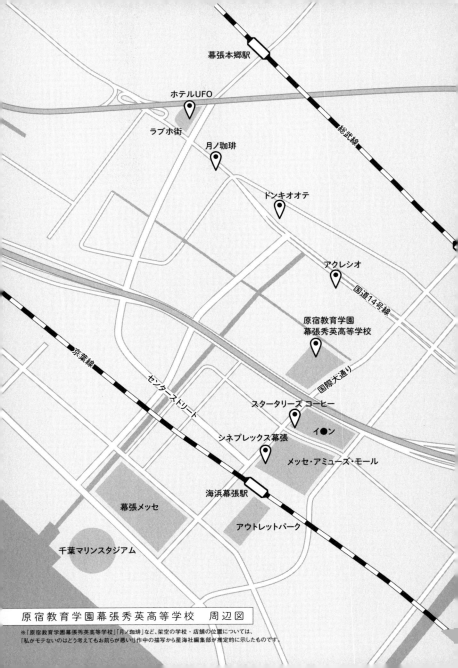

モテないし夏休みのとある一日

谷川ニコ

responsibility「レスポンシビィリィティ　責任」
salary「サラリー　給料」
shipment「シップメン　配送　出荷」
shortage「ショートッジ　不足」

夏休みのとある一日
私は部屋で加藤《かとう》さんから借りた英単語帳を一枚一枚めくり、暗記に励んでいた。単語帳を一枚めくるごとに英単語を発音し、日本語訳を読むという行動をひたすら繰り返す。
加藤さんが言うには、英語をちゃんと発音し、目と耳と口で覚えることが英語習得一番の近道らしい。
ここ二ヶ月くらい加藤さんからのプレッシャーもあり、なんとか千語近くの英単語を覚えたが、加藤さんが言うには三千語は覚えないと青学《あおがく》受験では話にならないらしい。心が折れそうになる。

受験のための英語学習とはいえ、英語の必要性に疑問が生じ、勉強へのモチベーションが全く上がらない。

例えば英語を覚えたところで、誰かと話す機会あるのだろうか？

日本人とすら話したくないのに。外国人となに話すんだ？　まじで想像がつかん。

それにちょっと前にテレビで誰かが近い将来ナノマシン的なものを人体に埋め込んで誰でも複数の言語を話せる時代が来るかもしれない的なことを喋っていた気がする。もしそれが来年あたりできたらこの暗記全て無駄になるな……。いや来年は流石《さすが》にできないと思うけど十年後くらい、大学で英語勉強した後にそれが実現したら私の努力全て無駄になるのか……

やめるか勉強。

……いかんいかん！　もっと英語を勉強することをポジティブに考えるんだ。

例えばそうだ。英語が理解できれば洋ゲーをやるとき便利だ。多分。それからえーと……あれだ将来小説書いて、それがアニメ化されて海外で人気になりツイッターかなんかで外国人からメッセージをもらった時、いちいち翻訳ツールを使わないでも読めるようになるし、英語で返せる。

それでその流れで女流小説家ということで外人から沢山のちんちん画像が送られてきて、その一つ一つに……いや、いちもついちもつに英語で丁寧に感想を書いてあげるということを英語が理解できれば可能ということになる。

いや、なんの想像だこれ？　外人からちんちん画像送られてくる状況ってなんだよ？　ねーよそんなこと！

ヴーヴーヴーヴー

「うおっ⁉」

そんなくだらない妄想に耽《ふけ》っていたら、突然スマホが振動音をたてる。

スマホの着信画面には『加藤明日香』という文字が映し出されていた。

私は慌てて、スマホの通話ボタンを押して電話に出る。

「は、はい　もしもし」

「あっ黒木さん？　ちゃんと勉強してるかなって思って」

「う、うん。ちゃんとしてるよ。ちょうど加藤さんから借りた単語帳使って勉強してたとこだよ」

「そうなんだ、よかった。どれくらい覚えた？　そろそろ新しい単語帳貸そうか？」

「い、いやまだ借りた分全部は覚えてないかな……」

「覚え終わったら言ってね。いつでも新しいの渡すから」

「う、うん。ありがとう」

「じゃあ何かわからないことがあったらすぐにかけてね」

加藤さんとの短い電話が終わり、私は通話終了のボタンを押した。

……え？　盗聴してる？　タイミングが怖いんだけど……

あ、でも独り言していたわけではないから盗聴の疑いはないか。じゃあ あれか？　思考を盗聴してるの？　余計怖いんだけど……

……勉強するか。

ある意味加藤さんの電話で気合入った。いや気合というか加藤さんの圧に押されてやるしかないという感じだけど……。

英語が母国語のアメリカでは生徒の勉強は自主性を尊重する的なこと聞いたことある。

しかし私の考えでは、勉強なんて自主的にやるものではない。強制されてやるものだ。

そう考えるとこうやって加藤さんからプレッシャーをかけられながらやる加藤ママ式英語学習は私に合っているのかもしれない。

単語帳を手に取り、私は終わりがない暗記作業に戻った。

＊

午後五時。あれから六時間ぶっ通しで英語の暗記を行った（多少の休憩は挟んだが）。

今日一日で英単語２００語は覚えたな。まあ覚えたところで少しずつ忘れていくからことから復習を何度もして記憶を定着させていく作業がまたあるけど。

とにかく今日一日の勉強はやりきったと言える。

つまり今から寝る十二時まではフリータイムだ。

「さて、なにして遊ぶか……」

受験生としてはできる限り、勉強の気分転換になるような遊びがいい。本当だったら大作RPGゲームでも買って、夏休み中何十時間もかけてダラダラと遊びたいところだが、受験を控える身としてそういう遊びはご法度だ。

「あっそうだ」

ゲームで課金しようとして結局使わなかったウェブマネーカードがあったことを思い出して、机の引き出しを開けた。

「あった」

ぐちゃぐちゃに散らかった引き出しの中に2000円分のカードを見つけて、手に取った。

「2000円か……」

よし！　この金で同人エロRPGを買おう！

前から少しだけ興味を持っていたし、この機会にやってみるのもいいかもしれない。

個人が作った同人エロRPGなら商業ゲーと違って、ボリュームも少なく手軽に遊べて、エロい気分になり受験で溜まったストレスも発散できるはず。
パソコンを開き、さっそくグーグルで、おすすめエロＲＰＧと検索をかけ、そこから良さげなものを見ていく。
「どれがいいかな……できれば主人公は女のほうがいいな……」

『バトルファッカーあい　～モンスター娘を犯し尽くせ～』

これ良さそうだな。絵が上手くてエロい。あーでも、モンスター『娘』ってことはレズかー……そうなるとやっぱ主人公男のほうがいいのか？　まあいいやちょっと説明を見るか。

基本システム　オーソドックスなＢＦ（バトルファック）戦闘ＲＰＧ

オーソドックスなバトルファックと言われても初めて聞いた言葉なんだが、エロＲＰＧ界ではＢＦ（バトルファック）って常識なの？　ＦＦのＡＴＢ（アクティブタイムバトル）みたいなもの？
ググるか。

ＢＦ（バトルファック）とは
セックスおよびそれに類する行為による戦い。イったら負け、あるいは精力が尽きたら負けとなる。決着後には敗者に対してなんらかの制裁が加えられる場合もある。

なるほど。50％くらいはわかった。とりあえずゲームの概要を見よう。


主人公はバトルファッカー。敵はモンスター娘。

イカせ合いの戦闘となり相手を絶頂させれば勝ちです。勝ったもん娘は好きなだけレイプできます。こちらがイってしまった場合、即敗北となりゲームオーバーになります。負けるとモンスター娘に逆レイプされます。

モンスター娘を性的に退治してレベルを上げ、性技をどんどん磨いていこう。

エッチシーン50以上
シーン回想あり　戦闘回想あり　敗北回想あり

家庭用ＲＰＧでは、絶対出てこない言葉と世界観。ちょっとテンション上がってきた。とりあえずやってみるか。値段も１５００円くらいだしちょうどいい。ダウンロードしよう！

カートに入れるをクリックしようとした瞬間、ある言葉が目に留まる。

※注意　本作に出てくる登場人物は全てふたなりです！

「…………………」

「ふたなりか……」

……ふたなりか。

……今の気分ではないな。

ていうかふたなりの気分ってなに？

「別のＲＰＧを探そう」


その後、色々なエロＲＰＧレビューサイトを見て、主人公が女でふたなりじゃなくて絵も良くて、評価が高いエロＲＰＧを発見した。

そしてウェブマネーカードでは18禁ゲームが買えないという衝撃的な事実が発覚した。

…………

窓から夕日が差していた。時刻は六時を回っていた。

「くそ……」

なぜワタシはあんなムダな時間を……

泣きそうになるのをなんとか堪《た》えた。

気分転換するつもりが余計にストレスを溜めることになるなんて……こんなことならMXの「5時に夢中（暇人が見る番組）」でも見てボーッとしてたほうが幾分かマシだった。

あと六時間しか自由な時間がない。ご飯、風呂の時間を抜いたら五時間くらいだ。

五時間でできる気分転換……

オナ……、いやそういう気分でもない。

それにエロRPGのプレー未遂でそれを今さらやるのは負けな気がする。

そんなことを考えていたら窓の外からカナカナとひぐらしの鳴く声が聞こえてきた。

「もうひぐらし鳴いてんのか……」

そういや今日から八月だもんな……

ちょっと前はこの時間でもまだもう少し明るかったんだけどな……

八月に入ると一気に夏が終わる感じがして、切なく感じる。小学生のころから八月は好きじゃない。八月三十一日なんて一年で一番嫌いな日だ。

なんてセンチメンタルに浸っていたら、ふと気づいた。

「……あっ八月一日」

そうだ。確か一日はアレだよ。映画が安い日だったよな。もう六時過ぎだけど今からならまだ間に合うかも。

すぐにまたパソコンを開き、目当ての映画が近くでやっているかを調べる。

＊

お母さんに言って、早めの夕ご飯を一人で食べ、家を出た。

最寄り駅から海浜幕張《かいひんまくはり》駅に着く頃にはもうすっかり日が暮れていた。

駅には大学生みたいな人達（ＺＯＺＯとかアパレル系の会社が近くにあるのでそこの社員かもしれないが）、地味な半そでシャツを着たサラリーマンっぽい人達、青やら赤やら白の野球ユニフォームを着た人達……。とにかく駅は人で溢れていた。

海浜幕張駅の近くには幕張メッセとマリンスタジアムがあるため週末になるとイベントなどで無駄に人が多くなる。

その人ごみを通りぬけ海浜幕張駅の北口を出て、幕張の映画館、メッセ・アミューズ・モール内にあるシネプレックス幕張に向かった。

アミューズ・モール内はいつもの平日なら制服を着た高校生の姿（主に原幕生《はらまくせい》）が見えるのだが、夏休み、時間も午後七時を過ぎていることもあって入口のクレープ屋にも奥のゲームセンターにも制服を着た人間はいなかった。

ゲームセンターを横目に私はエスカレーターに乗って二階の映画館に向かう。

映画館の入口には今日上映される映画の上映時間が載った案内板があり、お目当ての映画がちゃんとやっていることと上映時間を確認した。

思ったより早く映画館に着いたせいか、上映まであと三十分ほどある。

どうする？　下のゲーセンでも行くか？　それとも一度また海浜幕張駅に戻って、南口のプレナ幕張に行き、中の本屋で時間を潰すか……歩いて五分くらいだし。

少し悩んだ結果、本屋にすることにした。学校があった時は学校帰りに毎週二回は漫画とラノベの新刊チェックをしてたけど、夏休みになってその習慣がなくなっていたからな。

先ほど来た道を戻り駅の構内を通り抜け、今度は南口から出る。

南口の階段を下りているとき、駅に向かう人の流れの中に真っ赤な野球のユニフォームを着たメガネが目に入ってしまった。

こみなんとかさんだ。英語で言うとKomi Somethingだ。略してコミサムだ。

コミサムがこちらに気づかなかったらスルー安定だったのだが、あちらも私に気づいたらしく、一瞬驚いたような顔を見せ、こちらに向かって歩いてきた。

「なにしてんだ？　こんなところで」

「いや、こっちの台詞《せりふ》なんだが……それといつからカープファンになったんだ？　赤いユニフォームなんか着やがって……流行《はや》りにのったの？」

「いや、赤いけどCarpじゃねーよ。Chibaって書いてるだろ」

「あっ本当だ。紛《まぎ》らわしい」

「このサンライズレッドのユニフォームを着て試合する日は、地元千葉県の為に戦う日『ALL FOR CHIBA DAY』って言われてるんだよ」

「千葉県の為って言われても……正直ロッテが勝っても私の人生に何の影響もないんだけど……」

「負けたよ！」

ああ、だからいまいち浮かない顔してたのか。正直スポーツで国やチームを応援したことないから負けてどんな気持ちかわからないけど、とりあえず煽《あお》っとくか。

「今、どんな気持ち？　ロッテなんか応援してどうするの？」

「まったくな……」

言い返すものだと思っていたが、こみなんとかさんは覇気のない声で答えた。

「若手選手の台頭、久しぶりの当たり助っ人外国人、ベテランの奮闘……全て上手くいっていたから、今年こそは……今年こそは……3位になれるって信じていたのにな……」

よくわからないけどそこまで上手くいって3位なんだ……

ロッテって本当そこまで弱いの？　さすがに可哀そうになってくる。

「今日の負けはひどかった。9回表にエラーからの失点で逆転され。しかしそれでも裏の攻撃で意地を見せて、ノーアウト満塁サヨナラ勝ちが見えたのに3番初球ポップフライ。4番は初球ゲッツーでゲームセット……最下位相手チームに三連敗。4位から5位へ転落。もうファンに絶望を見せるために野球をやっているのかって思える内容だったよ……」

言ってることは全くわからないけど、とにかく酷いらしい。

「なんでファンやってんの？　金払って嫌な思いして」

「私だって、千葉に千葉市に生まれなかったらマリーンズのファンなんてやってないよ……」

こみさんは絞り出すように言った。

「私だって『ジャイアンツ』や『ソフトバンク』を応援してみたかったよ。1位になれなかっただけで暗黒とか弱小チームってファンに文句言われるチームを応援したかったよ！10連勝とかしてみてーよ！　強いってなんなんだよ！　わかんねーよ！」

こみなんさんは慟哭《どうこく》に近い叫びを私にぶつけた。

駅前の人通りが多いところでロッテについて叫ぶとかやめてくれないかな……恥ずかしいんだけど……

しかしここまでファンに希望ではなく絶望を与えるロッテというチーム。今まで全く興味がなかったけど、ちょっと気になってくる。まあファンになったらこうなると思うと絶対ファンにはなりたくないけど。

「で何してるんだ？　こんなところで」

急に冷静になった。切り替えが早く負けなれている。これがロッテファンか……

「映画見に来たんだよ。でまだ少し時間あるからプレナの本屋で時間潰そうと」

「ふーん。何見るんだ？」

「Faith」

答える必要もないが、無視するまでもないと思い素直に答えた。

ちなみにFaithとは、何年も前に出たPCゲームで、その後根強い人気もあって、何度もアニメ化されたり、スピンオフが出たりと十年以上続くコンテンツで、ちょうど今劇場版がやっている。ソシャゲも大人気だが、基本ソシャゲはあまりやらないのでそっち方面は詳しくない。

「あーFaithか。懐かしいな。いま映画やってるもんな」

そういやこみなんとかさんってロッテと変態性で忘れてたけど、オタ趣味というかサブカル方面の知識も持ってたんだよな。

こみなんとかさんは、少し黙考してから。

「私も見て行こうかな。このまま帰るのつらいし」

……マジかよ。

「あっFaithで。あっ席ですか？　えーと通路側で真ん中の少し後ろくらいで……あっはいそこで大丈夫です」

カウンターで席を指定され、Ｈ－12と書かれたチケットを私は受け取った

私の後ろに並んでいたこみさんも同じようにカウンターで映画のタイトルを述べ、席の指定を行いチケットを受け取った。

席はＥ－９。ほぼど真ん中だ。

カウンターのお姉さんにお友達ですか？　隣の席にしますか？　と声を掛けられていたが、きっぱり別の席でと言うこみなんとかさん。

私も隣はちょっと……と思っていたのでよかった。

だってこみさん真っ赤なロッテユニフォームと黒のボンデージベルトパンツを穿《は》いてるから、微妙に悪い意味で目立ってるんだよな。色合いとズボンでちょっとだけFaithに出てる来る弓矢使いみたいになってるし……

上映時間まであと五分くらい。

ポップコーン買おうかな？　でも飲み物とのセットで８００円近くするな……などと迷っていたらすぐに上映時間はやってきて、こみさんは飲み物だけ買って先にスクリーンへ

入っていった。

結局私もコーラだけ買って後を追うようにスクリーンに移動する。

館内はこみさんを含めて五、六人しかいなくそれぞれ一人で見に来たのか隣同士で座ってる人間は一人もいなかった。

『電気の子』を見たときはウザいくらい混雑していたのでちょっと嬉しい。

夜の映画館に来るのは初めてだけど、こんなに空いてるならこれから映画は夜に見ようかな。

私が席についてほどなく館内が薄暗くなり、色々な映画の予告編が始まった。

映画泥棒のＣＭが終わると場内の照明は完全に消えて映画本編が始まった。

ちなみにコーラは予告編で飲み干した。アイスコーヒーとかちびちび飲めるやつにすればよかった。

＊

エンドロールが流れ、その後、本編のおまけ映像が流れ、館内の照明が戻った。

余韻《よいん》に浸り座ったままでいると、こみさんと数人が場内から出ていった。

いつの間にか劇場内でぼっちになってしまったので、私も腰を上げ出口に向かって歩いていく。

エスカレーターの前で何故かこみさんが待っていたので、一緒に一階に降りる。

「ちょっと下のロッテリアに寄ってかないか？　奢《おご》るから」

こみさんにそう言われて、断る理由もないので私は頷いた。いや厳密にはこみさんに誘われた時点で断る理由になるのだが、今日は今だけは、素直に応じてやることにする。

レジで私はポテトとメロンソーダを頼み、こみさんはアイスほうじ茶ラテなるものを頼み手近な席に座った。

無言で飲み物をストローで啜っていると、こみさんが口を開いた。

「映画よかったな」

「ああ……」

「アオいいよね」「いい……」みたいな多くを語らないプロ同士のような会話をする。

こみなんとかさんは嫌いだが、こういう会話は、正直こみさんとしか無理だろう。

それに神アニメ。神作画。神演技。安易に神なんとかみたいなこと言う奴じゃないところは好感が持てる。

「全体的によかったんだけど、原作のあのシーンを削ったのはクソだな」

こういう風にすぐ作品の悪口を言うところも嫌いではない。

私もどんなにいい映画でもそれを手放しで褒めたくはない。神○○なんて絶対言わない。

人も物も素直に褒めるのは苦手だし、照れ隠しもあるけど好きなものこそ悪口を言いたいってあるだろ？　ない？

その後、こみさんとお互い映画の悪口を言い合った。重箱の隅をつつくような悪口を言い合う。多分これが私達の好きな映画への感想というか歪んだ愛みたいなものだと思う。多分私達以外に理解されるかわからないけど。

ある意味親友になってもおかしくないくらい趣味は合っている。それでも相容れないのは何故だろうか？

同族嫌悪？　弟を狙う変態だからか？　ロッテファンなとこ？

……全部かな。

でも嫌いだからこそ、嫌われていいからこそ本音で話せるところはある。

だからやはり好きにならなくていい。それはある意味とても楽な関係なのかもしれないし、小宮山《こみやま》さん以外では無理な関係なんだと思う。

あっでも、弟と付き合って家に来たりしたら、本当殺すからな。マジで。

いくらなんでも弟もこれを選ぶことはないと思うけど、人間たまに犯罪に走ったり理解不能な行動をとることあるからな。

「やっぱり創作物はいいな。本当に楽しい。野球《げんじつ》のような残酷さがない」

こみさんはしみじみと呟いている。

「でも野球《げんじつ》は残酷だからこそ、世界《ロッテ》は美しいんだ」

あっこういうところは素直に嫌い。


その後、ロッテリアで一時間程Faith談議し、こみさんはバスで帰るため駅のロータリーで別れた。

これ以上こみさんといるとウザくなってくるところだし、ちょうどいい。

私も家に帰るため駅に向かう、道中スマホの電源を入れ忘れていたのに気づき、電源を入れるとお母さんからメールが入っていた。

簡単に返信を済ませ、電車に乗り込む。

海浜幕張から最寄り駅に戻ると、弟が嫌そうな顔で改札で待っていた。

「いや、私は断ったぞ。迎えなんかいらないって」

「さっさと帰るぞ」

駅から家までのいつもの道を一緒に歩く。

「受験あんのにこんな時間まで遊ぶとかバカなのか?」

「いや、気分転換だよ。休憩も必要なんだよ。受験はマラソンみたいなもんだから、飛ばしすぎてもダメってテレビで言ってたぞ」

「知らねーよ」

「それにさ、もし落ちたら、来年は家に残るわけだ。嬉しいだろ」

「受かって出てけよ」

弟は目を合わさずに答える。

「いや、まあ受かっても出てくかわからないけど」

「…………」

智貴《ともき》はそれ以上、何も話さなかったので無言で歩いた。

途中夜中なのにミーンミンミンとめちゃくちゃうるさく鳴くセミがいた。
ああいうのがいると安心する。夏が終わらない感じがする。
夏休みのとある日。
まあまあ楽しかった日。
何でもないような日。
幸せだと思ったら、高橋ジョージでＴＨＥ虎舞竜だ。
大人になっていつかこの日を思い出すかもしれないし、来年には忘れてるかもしれない
そんな日だ。

私がウレないのは
どう考えても読者が悪い！　辻真先

売1　売れないし 夢を見る

ミミズなら締め切りがない……手も足もないからワープロを打てない……編集者に叱られない……。

「先生！　黒木《くろき》センセイ！」

は？

「ボーッとして、なに考えているんですか！　締め切りをもう三日も過ぎてるんですよ！聞こえてますか、ねえ、もこっち。いえ黒木先生！」

なんと私の担当編集者は、中学で同級だったゆうちゃんなのだ。いや、もちろん本人ではない。ただ顔が似ているだけだと思うのだが……それにしても私が先生？　締め切りがあるということは、私は小説を書いているんだろうか。

「もこっち、じゃない先生はですね、うちの新人賞でデビューしたんですからね、よその注文なんか、たとえギャラを三倍くれても潔《いさぎよ》く断って、うちの原稿を書くべきです！　そう思いませんか、思うでしょ、犬だって三日飼えば恩を忘れないんです、まして先生は人間でしょ、人間ですね？」

あわや「ミミズです」といいそうになった。

なんと。私はなにを間違ったか間違わなかったか、若い日の夢がかなって小説家になっていた！

アレ、でも待ってよゆうちゃん。

「は？　ゆうちゃんて誰ですか」

いやいやいや、つまりいま書いているラノベの主役がゆうちゃんて女の子で。

「は？　ラノベ？　わが社が先生にお願いしているのは、ポルノ小説なんですが」

そうだったのか！

それならそれで結構、こう見えて私の脳内は下ネタが溢《あふ》れかえって、ぽたぽた垂れているんだから……なんかヤらしい表現だね……そのゆうちゃんは内気で、私以外の人とアニメの話さえできないのに、ひと皮めくると……これもヤらしい表現だね……男は日替わり定食、ラブラブのブラブラ……男がブラブラ……ヤらしい。

「なにをひとりごといって、赤くなってるんだ」

えっえっ、あんたどこのどなたでしたっけ。

「あんたってなんだよ。俺はお前の弟だろ」

なんだ智貴《ともき》か。今までどこにいたの。

「この恰好《かっこう》見ればわかるだろ！　風呂からあがったばかりじゃないか」

あっ、それでブラブラ……って、ゆうちゃんはどうしたのよ！

「姉貴の友達か？　すぐに抱きついてくる」

違う、編集者。オヤ、ここ私のうちだ。出版社のラウンジじゃない。

「だからなにをブツブツいってる。勝手に俺の部屋のベッドで眠ってて」

眠ってて……そうか、私は今夢を見てたのか！

売2　売れないし まだ夢を見ている

ちょっと待て。

見て「た」んじゃない、まだ私は夢を見て「いる」最中らしい。

だいたいなんだ、この見出しの『売1』だの『売2』だの。わかるよ、元ネタの目次は『喪女《もじょ》』を略して『喪1』『喪2』なんだろう。それなら『売』はなにを略してるんだ。

ナニ、『売女』だって！　それはバイシュンフやヨタカの意味だろう！（『広辞苑《こうじえん》』による）

まあいいか。こんな見出しは誰も気がつかないから。

それよかどうせ作家の夢を見るのなら、出版社のラウンジなんてショボイ場所じゃなくて渋谷へ出よう。六本木へ出よう。ギンザへ出よう。いっそニューヨークへ出よう！　五番街で学食へ入ってマンハッタンのゲーセンに……そんなもんないから、どーんとベストセラーをぶっぱなして、その勢いでセントラルパークのサイン会、ブロードウェイでミュージカル化、ハリウッドで映画化、帝劇でステージ化、練馬《ねりま》や杉並《すぎなみ》でアニメ化……またご近所にもどってしまった。

「先生、ねえ黒木先生」

ああせっかくいい夢を見ていたのに、そう揺すらないでよ、私が起きてしまうじゃないか！　って、もう起きてる。あんた絵文字だ、エモジだった！

「え……なにをモジモジしてるんですか」

全然通じてない。なんだ人違いか。よく似てるというか、よくある顔なのね、笑美莉《えみり》って。

「はい、エミリです」

フーン、名前までよくあるんだ。

「エミリは先生の担当です、早速ですが、締め切りは今日でございますわ」

またそれか……なにを書けばいいの。やっぱり官能小説なの。

「いえ、当社が先生にお願いしているのは、ホラーでございます」

なんだそんなもんか。

「ありがとうございます！」

なにが嬉しいの？　ふだんタテ模様の目を横にして笑ってるけど。

「だって原稿はできておいでなんでしょう、だから落ち着いた応対をなさるんでしょう、ハイ」

その手はなによ。私は犬か。

「謹んで原稿を頂戴いたします」

ない。

「へ？」

屁でもおならでもない、まるっきり書けてない。……おーおー、みるみる絵文字が全面崩壊してゆくよ。

「それでは社に帰れません、編集長の顔を見るのが怖い！」

ねっ、ホラーだろ。

「ぎゃーっ！」

なんなの、お前か、智貴か。

せっかく絵文字と遊んでいたのに、勝手にひとの夢にはいってくるな。

「だって姉貴、その顔、血だらけ！　ホラ、鏡見ろよ！」

「ギャーッ。……あ、居眠りして顔を突っ込んだんだ、トマトの皿に」

売3　売れないし まだまだ夢を見る

「ヨオ、先生」

また新手か。今度はヤンキーだよ、吉田茉咲《よしだまさき》だよ。

「私がなんの用件で、あんたんとこへ来てやったかわかるだろう」

お、今度は本物が開きなおってる。原稿の催促《さいそく》か。

「そうだとも。文句をいわずにさっさと書きな。お前のクソつまらねー小説の題名は『異世界に転生してもやっぱり消費税の請求書が届いた件』」

長いな。

「お前、バカにしてるのか。近頃のコミックのタイトルはこんなもんじゃないぞ。『攻略本をブックオフで買ったら誤植のせいで大負けして担保だった私の肉体が蹂躙《じゅうりん》されたワケ』『魔王が女体化して離縁された二号がイケメンむちむちの男になって復職するまで』」

中身を読まなくても筋がわかる、便利な世の中になった。

「感心している暇があったら、さっさと書け。枚数は30枚の約束だぞ」

わかった、それぐらいすぐ書ける。

「大きく出たな、本当か」

もちろん。

話の構成はこんな具合さ。転生したヒロインが異世界の税務署に出頭したら、納税のシーズンでメチャ混んでいた。

「それがどうした」

納税者は番号札をもらって順番を待ってる。時間になると役人が出てきて、待ってる人をチェックする。その場面から始まるの。

「？」

えーと1番の札を持ってる人はおいでですか。

はい。

2番の札の人はどちら。

はい。

3番の人は。

はい。

4番、手をあげて。

はい。

5番。

へい。

6番。

おす。

7番。

ホイ。

8番。

あい。

9番。

よっ。

10番。

「コラちょっと待て」

はーい。

11番。

へえへえ。

「やめろっての！　いつまでつづくんだ、そのナンバーの読みあげは！」

呼ぶ人返事する人の二行でひと組だろう。400字詰め原稿用紙一枚が二十行だから、三百人も待っていればちょうどだね。あっ、吉田さん、ぶたないで。誰かきてーっ。

智貴でもいいから、出てこいってば。

「うるさいな。顔を出せば文句つける癖《くせ》に、姉貴は……あれ、吉田さん」

「おお、小僧か」

「その小僧はやめてくれないかな」

「そうです。おやめなさい吉田さん。智貴くんをいじるのは」

驚いた。誰かと思えばコミ屑《くず》だよ。

「私はそんな名前ではありません」

へっ。そのメガネは確かに、智貴の○○を見たがっていた小宮山《こみやま》だが。

「私は女賢者です。この衣装でわかりませんか」

「うん、小宮山さんは図書委員だ。姉貴と違って頭がいいから、異世界の賢者にぴったりだね！」

バカいえ、頭だけじゃない。この女は暴力もふるうんだぞ。

「そうです。私は賢者でもあり勇者でもあります。キラリ」

なんだ、そのキラリというのは。

「メガネが光ったオノマトペです。グイ」

グイというのは？

「胸を張った形容です。少しは本を読みなさい、エヘン」

いやなこった、プイ。ちなみにソッポを向いた形容。

「やい、小宮山が賢者で勇者なら私はなんだ」

「編集者です。自分でそういったではありませんか、フフン」

今のはコミ屑の鼻息ね。

「つまんねえの、プリプリ。黒木を催促するだけの役か。だったら魔法使いはどこにいるんだ、キョロキョロ。くそ、うつっちまった」

私だろうね、その役割は。

「そっか、黒木が魔法使いなら、たちまち原稿が出来上がる！　賛成してやるぜ、パチパチ……これ拍手な」

「いいでしょう。賢者で勇者の私が許します。魔法使いはもこっちに……なんです智貴くん、反対ですかキラリ」

「絶対反対！　姉貴に魔法を使わせたら、きっと俺を裸に剝《む》くから、ペロリンブラブラ」

「ワクワク……というのが本音だけど、今の私は賢者で勇者、よろしいですか、もこっち！　そんな魔法を使っては決して

「オイどうした。台詞《せりふ》の最後、括弧《かっこ》ナシで切れてるぞ
「わっ、『ぞ』の濁音《だくおん》まで切れ

「みんな仲良く、どころじゃな

「世界がまる

「消え

「しま

「っ

「た

「！

うはははは！　すべて削除した。

魔法使いにならなくても、黒木智子《ともこ》は異世界を創った作者＝この世界の神だから、私が書いた原稿を没にしてしまえば、誰も彼も丸ごと無に帰

げげっ。私もいなくなっ……

SCA
しじみ
おみそ汁

売４　売れないし これも夢のつづきらしい

あれ？　ここはどこだ。見覚えがあるはずだ、私がモテモテだったあの高校じゃないか。

誰だ、喪女だったといったのは！　ああ私か。

どうでもいいが、なんかさびれてるぞ。

こう誰もいないと、ボッチ時代を思い出してきた。せめて学食に出かけてみる。

ガラーン。

無人を表現するオノマトペだろうけど、あまりといえばあまりだわ。

ガラーン、ガラーン。

うるさい、福引が当たったわけでもないのに。

自販機でカップラーメンでも買いましょう。

チャリン。

ゴトゴトゴト。

どうしたんだよ。出てこいよ！

ガガン。

自販機を蹴飛ばした音。

ヒーッ、トットットッ、ドスン。

足が痛くて、片足でケンケンやって、尻もちをついたオノマトペ。

チャリン。

なんだ、コインがもどってきた……売り切れなら早くいえ！

キュルルル。

これは私の腹の虫の鳴き声。

もういい！　外へ出て、おいしくて安い素うどんでも食べるから。

出てみるとあっちの店もこっちの店も満員御礼で、わはははキャハハハ、イヤンそこさわっちゃあ私の急所なのオ。

あっそ。ビッチは勝手にいちゃついとれ。

お前たち、孤高という日本語を聞いたことがあるか。

ああ、深夜の公園のすがすがしさよ。

潔いほど誰もいないな。

仰げばチンクルチンクル、星がきらめく。

王子さま、今夜はどの星においでですか、王子さま！

ここに可愛い少女がひとり、愛のささやきを待っていますよおオオオ。

……。

ヒューッて、これは風の音。

カラカラカラって、コーヒーの空き缶がころがる音。

ブランコに乗ってボッチの私。

きいいい、キイイイ。

揺れるブランコ。

えい、もっと漕げ！　もっと漕げ！　もっともっと……

デデン。

これは私が落ちた音。

ああ痛かった、ドタリ。

私がベンチに座った音。

シンシン、シンシン。

夜が更ける音。そんな音ってあったのか？

ヒューッ。

私のからっぽな心臓を風が吹き抜ける音。

カラカラカラ。

これは心臓をコーヒーの缶カラが転げてゆく……って、なんで私のハートに空き缶が落ちてるんだ？

ペチョリ。

うっぷ、濡《ぬ》れた枯れ葉が私のおでこに。

はっぱをひっぺがしたら、どうしたことかクラクラときた。私、そんな低血圧だったかな。もう一度空を見上げたら、なぜかさっきと星の位置が違ってる。へにゃへにゃと宇宙空間が揺れて歪んで曲がってゆく、そんな感じだったから、私は思わず両手で顔を押さえていた。

音はなんにも聞こえない。

シーン。

これ、〝無音〟という音の形容なの。

矛盾してると思いながら、そっと目を開けてぶっ飛んだ。

いた！　いたんだ、私みたいに孤高のボッチ！

それもおなじ制服のＪＫが、ベンチに座ってどこかを見ている。そうか、そうなのか。

あんたも寂しいんだね。では共に寂寥《せきりょう》を語ろうではないの。

私、ベンチから立つ。とたんにむこうのベンチからもＪＫが立った。ちょっと待ってよ、近寄ろうとすると彼女が歩きだす。なんだなんだ、意地悪女め。せっかく私が慰めてあげようというのに、人の厚意を無にするのか。頭へ来て駆け寄ろうとしたら、テキはさっさかさっさか逃げてゆく。

ぬぬぬ、ちょっと待ちなさいよ、そんなに顔を見られたくないの？　さてはウルトラブスなのか。まさかのっぺらぼうだの口裂け女じゃないでしょうね。待て待てい、せめてこっちを向け！

そのときなんだ、アレと思ったのは。

なぜか今度は私の後ろから足音が聞こえてきた。

ヒョイとふりかえったら、やっぱりおなじ制服の少女が駆けてくる。でも顔はわからない。それというのも彼女は、私どうよう後ろを見ながら走ってたから。

あぶないよ、あんた。

走るなら前を見て走りなさいよ。後ろ見て走っていたら、きっと誰かにぶつかるよ！

どん！

ほうらね、こんな具合に。

私、前を走っていたＪＫの背中にものの見事にぶつかった！

同時に後ろからきた女の子もぶつかってきた！

それで三人はじめて顔を合わせたのね。三つの口がハモったわ。

「私だ！」「私だ！」「私だ！」

ついさっき、枯れ葉にペチョリとキスされた瞬間、どういうわけだかこの空間が、ｎ次元のサイズに折り畳《たた》まれたみたい。三人の私が同一空間に存在してしまった、つまりそういうわけだったのか。といっても意味不明だけど。

売5　売れないし 夢はつづくし

「もこっち、お疲れさん」

な、なんだよ、ネモじゃないか。希望通り声優になれた根元《ねもと》さん、おめでとう！

「そして作家になったもこっち。今度はなにを書く予定？」

え……えーと。とりあえずはＳＦかな。今ネタを拾ったところだから。えへへ。

「だけどミステリも書いたわね」

書いたよ。『大密室』……短いんだけど。

「今度ね、私それをステージで朗読することになったの。だから作者のもこっちに、ご指導願うつもりで押しかけたんだ」

ウチに？　あ、いつの間にかここ私の部屋だ、夢って便利だね。うんうんいいよ、では早速読んでみて。気がついたとこがあったら、遠慮なくいうからね。うへへへ、私がこんな台詞を吐けるとは思わなかったな、長生きはするもんだ……って、今の私はいくつなんだろ。

「なんの話」

ああ、トシの話なんかやめようね。どうぞネモ。読んでくれる、拙作を。

「はい！」

大密室

黒木　智子

吹き抜けの天井は、五階建てのビルほどもあるだろうか。

信者の寄金で建てられた宗教建築だから、一方の壁面はまるごと大理石でできており、信者が尊崇《そんすう》してやまない巨大な神像のレリーフで占められていた。

『これが宇宙ゾロアニメーター教の神様か』

ふだん警部と呼ばれる精悍《せいかん》な男が、首筋をもみながら刑事に呼びかけた。通称を刑事といっても、なかなか美人の女性である。

あまりに背の高い神像なので、見上げるうち警部は首が痛くなっていた。揉むのをやめた警部は、今度はグリグリと音をたてながら、周囲を見回した。

空間への出入口はただひとつ、高さ20メートル、幅15メートルほどの鋼鉄の扉だけで、四方の壁面に穿《うが》たれた窓は、大小の違いこそあれことごとく厳重に施錠されていて、ミミズ一匹出入りするのは不可能であった。

視線を一回りさせた警部は、あらためて大理石の像を仰いだ。

『よく見ると、アニメのヒーローに似ている』

刑事は有名なアニメオタクなので、すぐに答えた。

『いいえ、ヒロインですわ』

『そうか、女神だったな。ビキニみたいなコスチュームだ。胸もでかい』

『乳首を突き出して彫るか、ピンクに彩色するか、信者内でもめたそうです』

『どうでもいいが、手に構えているのは武器みたいだぞ』

『はい。異教の神々と戦うビームガンです』

『女神というより、女戦士だな。異教というと』

『キリスト教や仏教、ヘブライ教。そうした邪神をことごとく討ち滅ぼすのが、この宗教の教えですから』

『物騒な教えだ。だがそんな野望を抱けたのも、資金あってのことだ。たしかに女神の足元に隠された大金庫には、莫大な金が蓄えられていた。気の毒にわれわれに根こそぎ盗まれてしまえば、教団は瓦解《がかい》するほかあるまいよ』

『なんて甘い話でしょう』

『吸っても吸っても飽きん、まるで蜜のように甘かったな』

笑顔を見合わせた警護《けいご》院部《いんぶ》太《だ》と刑部《おさかべ》事子《ことこ》の盗賊コンビは、扉の内側に駐めておいた車に戦利品を積んで、颯爽と逃げ出したのであった。ちなみに、この大型で頑丈な扉が閉じられていた描写は一切ない。要するに開けっぱなしだったのだ。

題名誤植のお詫び

× 大密室

○ 大蜜室

売6　売れないし 目が覚める

「バカにするな！」

読み終えたネモの手から、原稿をかっさらったのは吉田茉咲だ。染めたばかりの髪を憤然と振り乱して、

「はじめて小説らしいものを書いたというから聞いたのによ！」

「でも朗読は上出来でしょ。もこっちの小説はヒドイけど」

ネモがにこにこしてヒドイことをいう。

作者といえば、私はやっと長い夢から覚めたところだった。あれ、智貴もきている。そうじゃなかった、ここは弟の部屋だった。メイクのトレーニングをしてる最中に、ネモたちが押しかけてきたからよ。

「だけどさ、叙述トリックというんじゃないか、これ」

お、智貴にしては珍しく私をかばってくれた。

「小僧は黙れ、どう考えても話全体のオチがないのは致命的だぞ」

彼女にしてはまともなことをいって、まだ目をショボつかせている私に嚙《か》みついてきた。

「夢から夢を渡り歩いたあげく実は夢でしたなんて話、今どき幼稚園のジャリにだって通用しねえ。作家志望というんなら黒木、それくらいはわかってるだろう！」

う……

正直いってギクリとした。

その通りだった。夢でした、オシマイなんて夢落ちの話は、物書きを気取るならやっちゃいけない禁じ手だった。

「そんな強くいっては、かわいそうだよ。確かにコレはヒドイけど」

ネモまでヒドイを連呼する。

でもありがとう。悪口を正面きってぶつけるなんて。どんなにいいにくいことでも、友達だからいってくれるんだ、そう思う。ボッチのときを思えば、私は今の方がずっとましだ！

ああ、それこそヒドイ顔になってるよ、私。ねぼけ眼でべそかいて……ちょっと鏡を見てこなくては……ごめんね、みんな。

「姉貴、どこへ行くんだ。ハバカリか」

デリカシーのない弟め。ひと睨《にら》みしてから階段に足をかけた。この瞬間でも私は頭の中でオチのアイデアをまさぐっていた。そのせいでみごと滑った。

ドタドタドタドタドタドタ。

私は遠慮なしにオチていった。

「きゃあ、もこっちがオチた！」

「おーい、どこまでオチるつもりだ！」

読者が呆《あき》れてページを閉じるまでだよーっ。

前髪は空を向いている

青崎有吾

陽菜《ひな》に、陽菜以外のあだ名なんてないって思ってた。

だって陽菜は、陽菜だし。

1

「えーとじゃあ席立っていいんで、やりたい競技ごとにまとまってくださーい」

聞き慣れた、っていうより聞き飽きた男子の声で、昼さがりの眠気が散らされた。

腕の中から顔を上げる。衣替えしたばかりの夏服はまだ季節になじんでなくて、微妙に肌寒い気がする。教卓に両手をついてるのは担任の荻野《おぎの》じゃなく、ツンツン頭のメガネだった。よしだ。

「適当すぎね？」

「や、俺こういうの向いてないから」

つっこんだ鈴木《すずき》によしが言い返す。チャラい笑い方がちょっとうざい。よしはいい奴だけど、確かにこういうの向いてないと思う。勝手に一学期の委員長に任命した荻野が悪い。

その荻野といえばにこにこしながら教室の隅に立っていて、私の眠気を投げつけてやりたくなる。

ガタガタと、周りから席を離れる音がする。五時間目のＬＨＲ《ロングホームルーム》。議題は……なんだっけ。背筋を伸ばすついでに黒板を見た。

クラスマッチ競技決め
男子　サッカー
　　　バスケ
女子　ソフトボール
　　　卓球
必ず一個参加　かけもちOK

ああそう、球技大会。クラス対抗の。二年に一度の。

正直めんどいなあ、と思ってしまう。スポーツは好きだし、授業がつぶれるのも嬉しいけど、球技大会って遠足とか体育祭と違ってなんかいまいち盛り上がらない。特に今回は。一年のときは女子の競技にバスケがあって、私はもちろんそっちを選んで、けっこう楽しめた（二回戦で三年に負けたけど）。でも今回はソフトと卓球。あんまりやりたくないっていうか、どっちでもいいっていうか。

他の女子も似た思いらしく、席を立ったはいいものの、みんな周りを様子見って感じだった。修学旅行の班決めとかのガツガツした雰囲気とは大違いだ。「どーしよっか」「うーん」という声がちらほら聞こえる。私もどーしよっかな、と考える。

……陽菜はどうするのかな。

斜め後ろの席を見ると、

「あれ？」

求める姿はそこになかった。かわりに、

「クロ、どっちにする？」

すぐ近くから声が聞こえた。

毎日聞いても聞き飽きない、綺麗ではきはきした声が。

いつの間に移動したのか、私の斜め前の席に陽菜が現れていた。横には田村《たむら》もいる。二人はボールを持ったオフェンスをマークするみたいに、その席の女子を左右から挟み込んでいた。

静かで受け身でどう見ても地味な側なのに、それが逆に存在感になってて、一度視界に入るとどこまでも気になってしまうブラックホールみたいな女子。枝毛が目立つ真っ黒な髪を肩下まで伸ばして、ちょっとクマのできた大きい目が印象的な、小柄で細身で色白な女子。黒木《くろき》だ。

「卓球かな」

「へえ。なんで？」

「卓球なら適度にサボれそうだし、陰《いん》キャがやっても許される唯一のスポーツだから」

「あーまた自意識」

「う、うるせえな……ネモはポールダンスでもやってろよ」

「ポールダンスは球技じゃないから」

あきれ顔で陽菜が返す。ポールダンス？　最近フィットネスとかで流行ってるやつか。

「黒木さん卓球にするの？　私あまりやったことないけど楽しそう。私も入っていい？」

何かの単語にセンサーが反応したように。ストレートロングをふわっとなびかせて、隣から明日香《あすか》が割り込んだ。「あっ、うん、もちろん。へへ……」とにやつく黒木。田村が手を伸ばしてそんな黒木の袖をつまむ。っていうか、ねじる。

「私もやるから」

「え、そう。いいんじゃない？」

田村に応える黒木。ぞんざいだな。

「田村さん卓球できるの？」

「ラケットで打てばいいんでしょ」

陽菜に応える田村。ぞんざいだな……。陽菜は気にする様子もなく黒板を見る。

「卓球って定員五人だっけ。あと一人……」

教室を撫《な》でた視線が、当然のように私を見つけた。私も当然のように口元を緩める。合図するっぽくちょっと手を上げて、立つために椅子を引いて――

「岡田《おかだ》さん」

背後から名前を呼ばれた。

思わず振り向く。クロスしたヘアピンと何事にも動じなそうな顔。伊藤《いとう》だった。あんまり話さないけど、前に学食でお昼したことがある。

「岡田さん、中学で運動部だったよね？」

「あ、うん。バスケやってたけど」

「ソフトボール入ってくれない？　運動神経いい人集めたいって、ことが」

伊藤は私の右隣を向く。吉田《よしだ》の席だ。ショートヘアのメガネが、何かに取り憑かれたような顔で吉田をスカウト中だった。

「吉田さん力強いよね？　学食で私殴ったとき強かったもんね？　ソフトボール入って」

「てめー喧嘩売ってんのか？」

「よ、吉田さん、私もソフトにするから一緒にどうかな」

「しょうがねーな」

田中《たなか》になだめられておとなしくなる吉田。礼の一言もなく次のスカウトへ向かうメガネ。伊藤は友達の奇行に引くでも怒るでもなく、じっと黙って注視している。最近よく抱く感想が今日も私の頭をよぎる。

うちのクラスの女子、やベー奴ばっかだな……。

「二木《ふたき》さん卓球上手いの？」

「わりと得意」

会話が聞こえて、黒木の席を振り返った。陽菜たちの中に新メンバーが加わっていた。二つ結びのまん丸い目の女子。名前は確か二木。こいつも休み時間に教室の後ろで柔軟やってたりして、何考えてるかわからんとこがある。

「じゃあ五人決まったかな」

明日香が席を立って、黒板に名前を書きに行く。陽菜は何か言いたげにこっちを見てたけど、黒木に話しかけられて注意をそらす。

岡田さん、とまた伊藤に呼ばれた。

「ソフト、入ってくれる？」

「え、ああうん。わかった」

どっちにしろ卓球が五人埋まったなら残りはソフトに入るしかない。伊藤は「ありがと」

と薄く笑って松田《まつだ》の席へ向かった。メガネよりは常識がある。

教室のあちこちで競技決めが進んでいく。二つ隣の席から「まこっちどうするのー」と南《みなみ》の声。男子は一ヵ所に集まって「バスケに戦力そそごうぜ」と何やらよしが仕切っている。荻野は何が楽しいのやら、うんうんうなずきながらそれを見守っている。

やることがなくなったとたん、しつこい眠気がよみがえって、私は机にへばりついた。髪が少し、重く感じた。

2

小学生のころは放課後のチャイムが楽しみだった。

授業が終わるからってだけじゃない。みんな一斉に動きだすから。女子はグループごとに集まって遊びの相談を始め、男子はランドセルをつかんで教室を飛び出す。バスケの試合開始にも似たその瞬間が好きだった。

でも。同じ毎日が十年続けばそんな元気も枯れてしまう。今日の放課後も、グラスの外を伝った水がテーブルに着地するみたいに、だらーっとしたペースでやって来た。チャイムが鳴って荻野が出ていったあと、やれやれ、どっこいしょ、って感じで生徒たちが帰り始める。元気なのはよしくらいで、和田《わだ》を近所のアクレシオに誘っている。

「吉田さん終わったよ」と控えめな声。昨日の私みたく机に突っ伏した吉田を、田中が揺すってやっている。明日香は英単語のリングカードを開いたまま、廊下で待つ夏帆《かほ》のもとへ向かう。ゴールデンウィーク以降、うちのクラスでも受験への熱が高まり始めた。大学見学に行った奴が多いせいかも。

私もけっこう真面目に受験生をやってたりする。リュックを背負《しょ》い、彼氏といちゃつく三家《みけ》の脇をすり抜けて、陽菜の席に向かった。陽菜も支度を終えたとこだった。

「茜《あー》ちゃん今日どうする？」

「んー。スタリでちょっと勉強してく？」

「おっけー」

陽菜は指でマークを作ってから、ちらっと黒木の席を見た。椅子から立ったばかりの黒木に田村が話しかけている。

「帰ろうか」

「あっ今日はちょっと……」

「ちょっと何？」

「あっいやちょっと卓球の練習を……」

「そういうのやるタイプじゃないでしょ。サボりたいから卓球にしたんでしょ」

「ま、まあ、そうなんだけど……」

あーだこーだ。やがて決着がついたのか、黒木は「じゃ、じゃあ」と肩を縮めて教室を出ていった。駆けだす足から白い膝《ひざ》が見えて、短いままにしたのか、とうっすら思う。黒木はずっとロンスカだったけど、こないだ「長すぎない？」って話になって膝まで上げた。言いだしたのは陽菜だ。

「あーちゃんちょっと待ってて」

そう言うと、陽菜は田村に近寄った。軽い調子で声をかける。

「ふられちゃったね」

「ふられてないけど」

「私たちスタリで勉強してくけど、田村さんも一緒にどう？」

「…………」

田村が私のほうを見た。そのときの私はたぶんぼけっとした顔で、三人ならファミレスのほうがいいかなあ、とか考えていた。歓迎するっぽく笑顔を返せばよかったかもしれないけど、そういうわざとらしいのはなんか苦手だ。

田村も笑顔を見せなかった。

「今日はいい」

「そっか。じゃまた明日ね」

陽菜が挨拶を終えるころ、田村は耳にイヤホンをはめていた。戻ってきた陽菜にがっかりした様子はぜんぜんなかった。

「お待たせ。行こっか」

「……うん」

むしろ嬉しがるような顔だ。今日のノルマクリア、みたいな。並んで歩きだしながら、私は首を傾げてしまう。

廊下に出たとき、ボブカットの女子とぶつかりそうになった。隣のクラスの内《うち》だ。私の教室を覗《のぞ》き、「いない」とつぶやいてから、あせり顔で走っていく。誰と会うのが狙いなのか、内は最近よく3—5に出入りしている。学食でお昼した帰りとかいつの間にかまざってたし。

ますます首を傾げてしまう。

私の周りってもっと単純で、もっと平凡だったはずなのに。

このところ、よくわからんことが増えてきた……気がする。


正門から出ると、すぐ前の信号が点滅していた。私たちは自然と早足になって、六車線の道路を駆け抜けた。わざわざここを渡らなくても道の先には歩道橋があるんだけど、階段の入口が反対側を向いてるので、回り込まなくて済む分こっちのほうが近道だ。原幕《はらまく》に通ううち身に付いたどうでもいいテクのひとつである。

ぞろぞろ歩く生徒たちの中にまじる。並木道を抜けて歩道橋に上がり、ぐわんぐわん音が響く高速道路の下をくぐる。歩道橋を下りるとすぐ前がイ●ンで、真夏だと原幕生の行列が中に吸い込まれてくのを見ることができる。なぜかっていうと、中を通り抜けたほうが涼しいから。これもどうでもいい原幕通学テクのひとつ。

でも今は六月で、エアコンとかあんま関係ない。列を抜けてモールに入ったのは私と陽菜だけだった。

入ってからのルートもだいたい決まっている。まず、すぐそばにあるペットショップで立ち止まり、ガラス越しに犬や猫を眺める。ペットたちは基本退屈そうに寝ていて、なんとなく吉田を思い出す。新しい靴のにおいがするA●Cマートの前を通って、隣にある雑貨店を覗く。ここはメジャーからマイナーまでキャラものがそろってる店で、陽菜のお気に入り。今日も陽菜はセール棚から、私がよく知らないキャラのグッズを手に取った。うさぎの被り物をした黒猫のメモ帳。でもパラパラめくっただけで、複雑そうな顔で棚に戻してしまう。

「寄んないの？」

「うん……こないだクロがさー」

「黒木が？」

「や、なんでもない」

店を離れる陽菜。私はリュックの後ろにくっついたクマを追いかける。

雑貨店の先にいくつかカフェが入ってて、一番角にあるのが〈STAR　TURRYS COFFEE〉だ。狭い店内は今日も混んでいた。二人用の丸テーブルが空《あ》いてたので、すかさず確保。ほんとは奥のソファー席が憧れなんだけど、こっちは空いてためしがない。荷物だけ置いて注文カウンターへ向かう。

トールのキャラメルマキアートを受け取って席に戻ると、先に注文を済ませた陽菜が飲みものを撮影していた。小麦色のドリンクの上にたっぷりクリームがのっかった、初めて見るやつ。

「何それ」

「加賀棒ほうじ茶フラペチーノだって。新商品」

うきうき顔で一口飲む陽菜。直後その顔が固まって、何かに耐《た》えるように口元がひくついた。

「どう」

「思ったよりほうじ茶が強いかな……」

「陽菜ってさ……たぶんだけど、甘いものと健康的なものを足せばカロリーゼロにできると思ってない？」

「え、なんで」

「なんかそういう組み合わせ好きじゃん。はちみつ豆乳ラテとか」

陽菜は黙ったまま目をそらした。頰《ほお》がパッションアイスティーみたいな色に染まっていた。そしてリュックからペンケースを出す。

「勉強しよっか」

「あ、うん」

「あーちゃんこれ一口どう？」

「いやいいわ……」

ゆとりありまくり世代の私たちは何を始めるにも時間がかかる。やりたくない勉強ならなおさらだ。

それでも。ノートと問題集を広げて、単語帳の上に別冊の解答例を積んで、シャーペンに芯《しん》を補充すると、形から入る感じでエンジンが温まってきた。私はタイマーをセットして英語の長文を解き始める。陽菜は現代語訳のアプリを開いて古文に取りかかる。

隣にいた他校の二人組がサラリーマンに替わって、またいなくなった。外を歩く原幕生の列が途切れ途切れになる。ときどき交わされる無駄話のたび、飲みものが五ミリずつ減っていく。ハズレかと思ったほうじ茶フラペは「あっ慣れたらいけるかも」というつぶやきのあと減るペースが上がった。一口もらったら確かにほうじ茶が強かった。

その微妙な味があとを引いたように、集中力が落ち始めた。ひとつ単語を覚えるたび、ひとつ問題を解くたびに、ローファーで床を叩いたりスマホをいじったりしてしまう。注意散漫なのは私の目標が薄いからかもしれない。進学はするつもりだけど、絶対この大学に行きたいみたいなのはまだない。ゴールデンウィークは陽菜につきあって森永《もりなが》を見に行って、けっこういいなと思ったけど。

陽菜は森永大学の文芸部演劇学科を志望している。

そこで四年間、演技の勉強をするのだという。

陽菜の夢は声優だから。

今の声優ってアイドルっぽいこともしなきゃいけなくて、なるのはけっこう難しいらしい。でも陽菜なら、なれるんじゃないかと思う。

勉強中の陽菜をチラ見する。Vネックのニットベストと緩めに締めたネクタイ。カラーリップを薄く塗った唇に、私と違ってくっきりしたキュートな目。色が入ったツインテールはちょっと派手だけど違和感とかはぜんぜんなくて、明るい顔立ちによく似合っている。正直かわいい。スタイルもいいし。声綺麗だし。滑舌もよくて、演技もかなり上手いと思う。たまにやってくれる芸能人とか教師のモノマネは本物そっくりだ。

陽菜の夢は声優。

私はそれを、二ヵ月前まで知らなかった。

「そういえばあーちゃん、昨日ごめんね」

ふいに陽菜が言ってきた。

「え？」

「球技大会の競技。卓球誘おうと思ったんだけど」

「あぁー、いいよ別に。どっちでもよかったし」

「みんなけっこう適当に決めちゃってたよね。よっちゃんとかもさ」

「まあ負けても球技大会だしね」

「だしねー」

いつの間にかシャー芯が折れていた。カチカチとノックしながら話題を変える。

「さっきの黒木がってやつ。何？」

「や、こないだちょっとまた馬鹿なこと言われて」

続きを待つ。陽菜はそこで話をやめたかったらしく、もごもご唇を動かした。やがて根負けしたように「ネ」と黒木っぽい声で言った。

「『ネモって中二なのにかわいい系も好きとかセンスが取っ散らかってない？』って」

ちゅうに？

「高三だろ」

「いやそうなんだけどそういう意味じゃないっていうか……とにかくあーちゃんは気にしなくていいから」

頬はまたパッションアイスティー色に戻っていた。私は「そう」と答えて背もたれに寄りかかる。ネモ、という発音を舌の上で転がす。

隣で椅子を引く音。新たに女子高生の二人組が座ったところだった。今度は原幕生で、ネクタイの色から二年だとわかった。顔を突き合わせ、何やら真剣そうに話している。

「智貴《ともき》くんやっぱりバスケじゃなくてサッカーだったね。試合とかぶっても朱里《あかり》は応援行っていいからね」

「紗弥加《さやか》。ここでそういう話はやめよ」

「何言ってるのだめだよ朱里そうやって自分の気持ち隠してたら。もっとはっきり出してかなきゃ智貴くんにだって気づいてもらえないよ。もしかしてまだ気にしてるの智貴くんの」

「紗弥加！」

片方が急に大声を出してちょっとびっくりした。でも、アカリとサヤカ……。そうだよなーと私は思う。

女子って基本、名前だよな。

もしくは○○っちとか、ちゃん付けとか。

「そのネモってやつ、黒木が考えたんだっけ」

「あー、うん。なんか心の中でずっと呼んでたみたい」

マジか……。まあ、もう黒木が何をしようが驚かないけど。もしかして私も黒木の中では独特のあだ名で呼ばれてたりするんだろうか。

「どして？」とつっこまれる。

「いや、いい呼び方だなーと思ったから。私もそう呼ぼうかな」

「えーやめてよそんな」

陽菜は困ったように笑う。それから一瞬だけ真顔になり、「オカ……岡さんはもういるか。アカ……あー黒と赤っていいかも……でも呼びづらいかな……」とぶつぶつ言い、からっと晴れやかに結論を出した。

「やっぱりあーちゃんはあーちゃんかな」

「……うん。陽菜は陽菜だわ」

私も笑ってそう返した。

自分に言い聞かすみたいに。

陽菜はアプリに目を戻す。今日のスマホケースはギズモとかいう昔の映画のマスコットだった。センスが変とは思わないけど、かわいい系ともちょっと違うような。

しばらくあと、陽菜は「あ、やば」とつぶやいてギズモをしまった。

「帰んの？」

「うん、レッスンあるから。あーちゃんどうする？」

キャラメルマキアートの残りはあと三口。問題集は次のタームまであと二ページ。

「もうちょっとやってくわ」

「じゃ、また明日ね」

陽菜は返却カウンターにカップを置き、店内のドアから外に出た。ガラス越しに私に手を振り、駅のほうへ歩いていく。

私は勉強に戻ったけど、やっぱり集中は長続きしなくて、十五分くらいで完全にだれた。言いわけのようにカップを空にし、最後の一ページだけ残して片付けを始める。

消しカスを払いながら、陽菜が座ってた席をちょっと気にする。陽菜は消しカスも折れたシャー芯もテーブルについた水滴もみんな掃除して、椅子もきっちりもとに戻してから帰っていた。

最初から誰もいないみたいだった。

3

スタリを出たあとモール内のトイレに寄った。

トイレはよくあるスーパーのそれで、お洒落《しゃれ》なスタリとは一瞬で別世界だ。センサー式水道の下に手をやると、水はジャーじゃなくてびろろろって感じの出かたをした。びろろろ、びろ。石鹸《せっけん》を流しきる前に止まってしまう。センサーの下でまた手を振る。びろ、びろろろ。ため息をつきたくなってくる。

ハンカチで手を拭きながら、鏡を見る。

水垢だらけの鏡面から、どこにでもいそうな顔の女子が見返してきた。彼女は私と目を合わせると、ますますつまらなそうに眉根を寄せた。

手を伸ばし、髪をいじる。

私の前髪は空を向いている。

ゆったりしたセミロングの前を持ち上げて、おでこを見せて、上げた髪はシュシュで一つにまとめている。

中学のときはここプラス左右二ヵ所も結んでいた。昔からボリューミーな髪が好きで、でも伸ばしっぱなしだとバスケをやるには邪魔で、自然とその形になった。バスケを辞めて結ぶ必要がなくなっても、前髪だけは慣れちゃったからずっとこれで通している。卒業式みたいなちゃんとした日とか、休日に帽子かぶるときとかはシュシュを取るけど、それ以外は基本これ。男子にはときどきパインってからかわれる。陽菜はいつもかわいいって言ってくれる。

かわいいかどうかは置いといて、私はけっこうこの髪型を気に入っている。遮《さえぎ》るもののない見通しのいい視界は、自分に合っていると思う。

私はなんでもわかりやすいのが好きだ。気負わずまっすぐシンプルなのが好き。もし神様が現れて願いを叶えてやるって言われたら「毎日楽しく」ってだけ願う。それくらい、日々を気楽に過ごしたいと思っている。

でも最近。

好きなはずのこの髪が、ちょっと重い。

上げた毛先を何本かずつ、指でつまんで整えていく。あんまり意味がないとわかりながらもその動きをくり返す。

四月ごろ、陽菜と喧嘩《けんか》してた時期があった。私と陽菜は一年からずっと同じクラスで、休み時間でも帰り道でも、蛍輝祭《けいきさい》の衣装係でもクリスマス会の幹事でも一年の遠足でも二年の修学旅行でも体育祭のチアダンでも、いつでもどこでも一緒だった。陽菜は私の隣にいて、私は陽菜の隣にいるのが当たり前だった。

だけど陽菜は、私に夢を教えてくれなくて。

私も陽菜の夢に気づくことができなかった。

で、しばらくギクシャクした。まあそれはもう済んだ話だ。結果的には黒木のおかげ……なのか？　わかんないけど、とにかく私たちは仲直りして、私は陽菜の隣に戻った。

もやっとし始めたのは、むしろそのあと。

声優の話を聞くにつれて、陽菜がすごくがんばってることがわかってきた。学校の外で週二回レッスンを受けてるらしい。筋トレやマラソンを真面目にやるのは体力作りのためだったらしい。やりたいことのために準備して勉強して、志望校と学部も決めて、二十歳までに結果を出すって具体的な目標も立ててる。めちゃくちゃえらいと思う。「毎日楽しく」な私とは何もかも違う。

陽菜が眩しい。

隣にいるはずの陽菜が、遠い。

「……はあ」

鏡がくもって、つまんなそうな女子の顔が隠れた。私はトイレを出た。

自販機コーナーの前で、さっき隣に座ってた二人とすれ違った。口論はもう解決したのか、親しげに話しながら歩いていく。

話し相手。

陽菜は最近、黒木と話すことが増えた。

黒木はすごく変な奴だ。私が気にし始めたのは二年の終わりだけど、振り返ってみると一年のときからスタンドプレーが多かった。毎年自己紹介でスベったり、ゴキを踏みつぶしたり、蛍輝祭の準備で流血したり居眠りで立たせられたりマラソンビリでゴールしたり。普通なら引くような話にも躊躇《ちゅうちょ》がなくて、こないだも中庭で寝てた陽菜を起こしたときに陽菜の……陽菜の、色がどーのこーの。やべー奴ばかりの3—5でも一番やべー奴だと思う。でも、ネモ・クロと呼び合ってるときの陽菜はなんだか楽しそうだ。黒木の普通じゃないとこを買ってるみたいだし。アニメとか声優の話もできるみたいだし。

……私と陽菜は、普段何を話してるっけ。

ちょっと考えてみる。次の授業の話と、昨日のテレビの話と、雑貨屋の商品とかカフェの飲み物とかぱっと目に入ったものと、あとはよしとかが振ってくる話題になんとなく返して……他には？

何も思いつかない。

何も覚えていない。

自動ドアの前で立ち止まる。

ドアはすぐに開いたけど、私はリュックのストラップを握ったまま、なかなか前に踏み出せなかった。

原幕生の中で最初に陽菜と話したのは、私だ。入学式の朝、クラス表の前で声をかけて、すぐに仲良くなった。私の一番の友達は陽菜だし、陽菜の一番の友達は私。そこだけは間違いないと思う。この先陽菜が黒木や田村とどれだけ打ち解けても、そこは揺るがないと思う。

だからこそ不安になってしまう。

こんな私に、陽菜の一番でいる資格はあるんだろうか。

陽菜のことを陽菜と呼び続ける資格は、あるんだろうか。

とぼとぼとモールから出た。海浜幕張《かいひんまくはり》は再開発されまくってて、ゲームのステージみたいに歩道橋が張り巡らされてるし、ビルも植木もみんな綺麗だ。でも駐輪スペースの柵は錆《さび》だらけ。千葉の田舎っぽさを感じる。今日の私はそういうものばかり目に入る。

駅に向かおうとしたとき、

「あれ」

学校のほうから歩いてくる知り合いに気づいた。

指にひっかけたバッグを肩越しに持ち、ブラウスの裾《すそ》をスカートから出しきった、気だるげな女子。

吉田だった。

4

「よお」

吉田の挨拶にはこれっぽっちの愛想もなかった。私も一拍遅れて「おっす」とだけ返した。

「今帰り？」

「ああ」

ああ、と、んあー、の中間みたいな発音。

「何してたの」

「友達《ダチ》とちょっとダベってた」

「……そう」

私は駅のほうへ歩きだす。でも角の信号は赤だったので、またすぐ止まることになった。吉田も横に並んだ。帰るとこなら私と同じく駅まで行くに決まってるし、当然の流れなんだけど。なんだけど、
吉田と二人か……。

意味もなく、左手で自分の右肘《みぎひじ》をつかむ。カモメがデザインされた京成《けいせい》バスや黄色くてかわいいシーサイドバスが、ロータリーのほうへ走っていく。私は横目で吉田をうかがう。

吉田を一言で表すなら、ヤンキーっぽい奴だ。

言葉も性格も荒っぽくて、周りの目をぜんぜん気にしない奴。授業はサボりがちだし出席してもだいたい寝てる。髪は金に染めてるけど、明日香みたいな完璧な染め方じゃなくて、生え際にプリンができている。ブラウスのボタンは第二まで開けてて、指定のネクタイを締めてるとこは一度も見たことがない。耳にはシルバーのピアス。ボールタイプとチェーンタイプ。ソックスは夏でもだるだる。

切れ長の目は信号だけをまっすぐ捉えている。

それ以外いっさい興味なさそうな、不純物のない横顔。

その姿が動きだし、青になったことにやっと気づいた。

二人とも無言のまま横断歩道を渡る。駅までは大通りをまっすぐ行くだけなので、ここから五分とかからない。会話は、なくてもいいのかな。吉田は気にしなそうだし、私も無理に振るタイプじゃないけど。

私と吉田の関係は……なんだろう。よくわからない。

初めて会話したのは二年の終わり。吉田にシメられそうになってた黒木を私が助けたとき（ああ、また黒木が出てきた……）。結局その一件は黒木が完全に悪くて、私のは余計なおせっかいだった。そのあと打ち上げ会で話したり、ネズミー一緒に回ったりして、見た目ほど悪い奴じゃないってことがわかってきた。今は昼寝してたら起こしてやるし、キレかけたら止めてやる程度の仲だ。でも、それを友達とは呼ばないと思う。クラスでは隣同士だけど、吉田は右隣の田中と喋ってることが多いから、私とは用事があればたまにっていうくらい。なんで吉田と田中が仲いいかは謎。対極だと思うんだけど。まあ田中って誰とでも仲よくやれるしな……。

あ、田中といえば。

「球技大会、吉田もソフトだよな」

昨日のことを思い出した。吉田はまた「ああ」と「んあー」の中間で答えた。

「ソフトやったことあんの？」

「ぜんぜんねーな」

「そう……まあ私もだけど」

「どうせあのメガネ以外真剣にやんねーだろ。たぶん私サボるし」

「サボんなよ。人数足りなくなるだろ」

「九人いりゃできるだろ」

「できるけどさあ。田中に怒られるぞ」

ぼそっと言い足すと、クールだった吉田の顔がわずかに歪《ゆが》んだ。ああ仲いい理由ちょっとわかったかも。保護者的な……？

いくつかの店を通りすぎる。自転車屋、携帯ショップ、美容室、入ったことないステーキ店。ゲーセンのガラスの前で吉田の歩みが遅くなった。ゴチャゴチャ騒がしい店内と重なるように、私たちの姿が映り込んでいる。

「どうかした？」

「いや……おまえ、ぬいぐるみ取るやつ得意か？」

「ぬいぐるみ？　ああUFOキャッチャー？　んー、普通かな」

「そうか……いや、いい」

歩く速さが戻る。UFOキャッチャーやりたかったのか？　気になったけどつっこまなかった。それより、また思い出したことがあった。話せば間が持つだろうか。

「UFOっていえば、こないだ月《つき》ノ珈琲《コーヒー》行ったんだけど。バイパス側の。その近くでUFOみたいな建物見てさ。吉田知ってる？」

なぜか吉田の顔が強張《こわば》った。「ああ」と返事。今度は「んあー」との中間じゃない。

「あれ、なんだろうな？」

ところが私がそう言ったとたん、顔がぱっと輝いた。一歩体を寄せてきて、

「だよな。気になるよな」

「えっ、うん。まあ……」

「いや私もなんのアレかとかぜんぜん知らねえんだけど、ほんと知らねえけど。そうなんだよ気になんだよあれは。そうそう」

何度もうなずく吉田。なんていうか、同志を見つけたって感じの喜び方だった。これ、そんな喜ぶことか？　やっぱ吉田もちょっと変だな……。

同志。

——あんたには関係ないでしょ。

——あるよ。私も一緒だ。

あのときの吉田の言葉を思い出す。

遠足でネズミー行ったとき。私が陽菜と喧嘩してる間、吉田もよくつるんでる二人と喧嘩中だったらしい。まあ吉田の喧嘩はくそくだらない理由で、ぜんぜん私と一緒じゃなかったんだけど。

そういえばあのとき吉田と揉《も》めて、初めてこの髪型を崩したのだった。

下ろした髪のまま黒木にエロゲを見せられて、アトラクションに乗り込んで、ぐるぐる回りながら陽菜の名を叫んだのだった。

思考停止した私の中、消えずに残ったのはその名前だけだった。無我夢中で陽菜を求めた。

そのあと陽菜とわかり合って、そして私は、前髪を上げ直した。

「あのさ」

ローファーの爪先を見ながら、話しかける。

「吉田ってさあ、普段友達と何話してる？」

吉田は「あ？」と聞き返し、考えるように間を置いて、

「いちいち覚えてねーよそんなの」

ぶっきらぼうに答えた。

覚えてない。

私と、一緒。

「それさ、なんか不安にならない？」

「なんでだよ」

「だって友達なのにさ、どうでもいい話ばっかしてるってことでしょ」

「いや友達《ダチ》とする話なんて誰でもそんなもんだろ」

前だけ向いたまま、話し相手の私すら気にせず、吉田は続ける。

「てゆーか友達《ダチ》ってどうでもいい話するためにいるもんじゃねーのか」

「……………」

「どうでもいい奴とはどうでもいい話できねーだろ」

いつの間にか、駅前の広場まで来ていた。

海浜幕張の駅前は無駄に凝っている。ずらっと並んだレンタサイクルに、変な形の交番に、座りにくそうな波打つベンチ。ベンチの前では、鉛筆の芯みたいな細長いオブジェが天へと伸び上がっている。私の髪と同じように。

私の前髪は空を向いている。

私の視界を阻《はば》まぬように、私の気持ちを落とさぬように、いつだって上を向いている。

その髪に引かれるように、顔を上げる。

茜色《あかねいろ》がまじり始めた雲ひとつない空が、私を出迎えた。

「今日めっちゃ晴れてるな」

「今さらかよ」

隣で吉田が、軽く笑った。

5

「お邪魔しまーす。やーたまにはいいねこういうのも。ピクニックみたいで」

「根元《ねもと》さんたちも来るならもっと作ればよかったな」

「いや私と陽菜は弁当あるから。気にしなくていいから」

「食ってみろよ田中のすげーうめーぞ」

「ゆりちゃんの一個あげなよ」

「なんで私なの」

「食べ慣れてるでしょ」

「いいけど」

「ほんと？　じゃあ一個もらうね。あーちゃん半分こしよっか」

「サンキュ。いただきまーす……あ。うまっ！　マジでうまい」

「本当？　よかった」

「あのサンドイッチ、ゆりちゃんに食べられるより浮かばれたね」

「どういう意味？」

　そよそよ揺れる頭上の葉が、私たちの頬に薄い影を落としている。むくんだ脚を揉みながら、確かにこういうのもいいなーと考える。昼休み、中庭の片隅。ビニールシートはけっこう広めで、二人増えても余裕があった。

　田中のランチボックスには手作りサンドが詰まっている。黒木たち三人は家族みたいにひょいひょいそれに手を伸ばす。陽菜は星柄のミニトートからお弁当を出し、私は自販機で買ったからだ健美茶《けんびちゃ》を開ける。来週の球技大会の話とか、こないだの中間テストの話とか、明日には忘れてしまうような話題が流れては消えていく。

　唐揚げを箸《はし》でつまみながら、私もどうでもいい話をした。

「あのさ、月ノ珈琲の近くにＵＦＯみたいな建物あるじゃん。あれってなんだと思う？」

　昨日吉田に聞いたけどわかんなくて……と続けようとしたとこで、違和感に気づいた。

　全員が固まっていた。

　マネキンチャレンジなら百万いいねされるくらい見事に凍りついていた。

　黒木が沈黙を破る。

「岡田さん知らないの？　あそこラブホだよ」

「……らぶ」

　箸の先から唐揚げがこぼれ、レタスの上に着地した。あっ説明してあげなきゃだめかみたいな顔で黒木はさらに喋る。

「えーとラブホテルっていって男と女がエロいことするために入る場所で……」

「ちょっと来い」

「え？　なんで⁉　なんで⁉」

吉田が黒木の襟《えり》の裏をつかみ校舎裏へひっぱっていく。田中が「ご、ごめんね」と力なく笑ってあとを追う。田村はもはや気にしないらしく、黙々とサンドを頬張っている。

「クロってなんであんなに馬鹿なのかな……」

「さあ」

「あーちゃん大丈夫？」

田村とやり取りしてから、陽菜は私を覗き込んだ。私はえっうんぜんぜん大丈夫と答えようとしたけど、硬直した顔がうまく動かない。出た声は「え、う」だけだった。

「はいこれ」

唐揚げが差し出される。レタスの上に落としたやつ。つまんでいるのはピンク色の箸。

呆然《ぼうぜん》としたまま、エサをもらう小鳥みたいに私はそれを口に入れる。

木漏れ日と溶けるように、陽菜が笑う。

「あーちゃんはやっぱり面白いなー」

弾むその声は、私の知らない私の魅力を知っているかのようだった。

夏帆

相沢沙呼

「夏帆《かほ》」

明日香《あすか》の声に、はっと顔をあげる。

廊下の窓辺で、立ち話をしていたときだった。

窓から覗《のぞ》く中庭の景色に見知った顔を見つけて、なんとなくその姿を眼で追いかけてしまっていた。明日香と美保《みほ》は、とあるコスメの話で盛り上がっていたのだけれど、わたしはあまり興味がなかったから、少しばかり余所見をしていたのだ。けれど、話に入ってこないわたしのことを、いつものように彼女は機敏に察したのだろう。

「どうかしたの?」

わたしが向けていた視線の先を探るように、明日香は中庭の景色を見下ろす。初夏のぬるい風が、半ば開いた窓から入り込んで、彼女の長い髪を静かに揺らした。

きれいな輪郭《りんかく》を描いたその鼻筋が、そっと光を帯びる。

わたしはその横顔を眺めながら答えた。

「ううん、なんでもないよ」

そうは言ったけれど、明日香はほんの暫《しばら》くの間、中庭を見ていた。

もしかしたら、わたしと同じ景色を見つけたのかもしれない。

美保も窓から覗いていたけれど、「なにもないじゃん」と不思議そうに言葉をこぼす。

「そうだね」

と、僅かな間を置いて明日香が笑う。そうしてわたしたちは、いつもの他愛のないおしゃべりへと戻っていく。

会話の輪に戻りながら、わたしはさっき視線で追いかけてしまった人物のことを考えていた。

中庭をとぼとぼと歩いていたのは、同じクラスの黒木《くろき》さんという女子だった。

同じクラスといっても、二年生になってからのこの二ヵ月の間、直接に話したことは一度もない。それは明日香だって同じだろうと思う。それどころか、あの子が教室で他の子と会話をしているところを、わたしは見たことがなかった。

あの子はきっと、いつも一人なのだろう。

こうしてお昼休みになると、ふらふらとどこかへ消えてしまう。教室でも、食堂でも、姿を見ることはほとんどない。きっと、どこかで孤独を凌《しの》いでいるはずだ。今も、一人きりの食事を終えたところだと思う。もちろん、他のクラスに友達がいる可能性はなくはないけれど、ときどき目にする彼女の小さな背中が、わたしにそう感じさせる。

こういうとき、わたしの胸の中で、いつも言いようのない奇妙な感情が膨《ふく》れあがる。けれど、その感情の正体を確かめようとする気には、どうしてもなれない。

風夏《ふうか》が合流して、わたしたちは笑い声を大きくする。もうすぐ予鈴が鳴るのかもしれない。教室に戻ろうとする生徒たちの、廊下をぱたぱたと歩く音が重なって、女の子たちの黄色い笑い声が楽しげに唱和した。

結局のところ、どんな青春を過ごせるのかなんて、運で決まってしまうのだろう。

わたしにはあの子の気持ちがほんの微《かす》かにだけれど、わかるような気がする。だからこそ、この感情に同情という名前を付けていいのかどうかも、またわからないのだ。

可哀想にと呟いたところで、わたしにできることなんてなにもない。ああはなりたくないという眼を向けて、今の自分のぬるま湯のような環境に安堵するのが、関の山だろう。

けれど、わたしは知っている。

きっと、こうしてわたしがみんなと笑っていられるのは、偶然の産物に過ぎない。

もしかしたら、ああして孤独を凌ぐことになっていたのは、わたしの方だったのかもしれないのだから。

＊

中学生の頃は、ずいぶんと内向的な性格をしていたように思う。

今でこそ、少しは改善されたと思いたいけれど、やっぱり人間の本質的な部分は、そう簡単に変わるものではないだろう。あの頃のわたしはとても臆病で、自分から他人と関わることにひどく怯《おび》えていた。

端的に言えば、自分に自信がなかったのだ。

わたしは、なにも持っていない人間だったから。

自分になにもないから、誰かに声をかけようとしても、不快に思われるのではないかと懸念して、躊躇《ためら》ってしまう。勇気がないから、誰かと繋がるためにあげる声は小さくなるばかりで、すぐにかき消えてしまう。

原幕《はらまく》に入学するまでのわたしは、そんなふうに過ごしていた。

そんなわたしを変えてくれたのは、明日香だった。

加藤《かとう》明日香。

高校一年生という時間の始まりは、不安に怯えるわたしのことなんて待ってくれるはずもなく、瞬く間に過ぎ去ろうとしていた。そんなときの話だ。

同じ中学から進学した友達なんているはずもなく、春の匂いに満ちた賑やかな教室の中で、わたしはひとりだけ花開くことを忘れた蕾《つぼみ》のように身を固くし、高校生活の始まりの時間を過ごしていた。どちらかといえば、社交的で明るい子ばかりが集う教室で、わたしはこれから先の三年間、孤独に過ごすことを半ば覚悟していたように思う。会話のきっかけを探しながらも、その方法がまるで思い付かない自分に絶望すらして、このまま教室の隅で、誰の眼にも映らない学校生活を送るのかもしれないと、不安に震えていた。

入学して数日が経ったころの早朝の教室。わたしは持て余した時間と孤独を潰すために、一冊の文庫本に視線を落としていた。

「おはよう。なに読んでいるの？」

柔らかい声音に、重たい心臓が跳ねた。

今朝の天候は少しだけ悪くて、だからこそ、教室の中を照らす電灯の光がよく目立っていた。はっと顔を上げると、わたしの机の傍らに立っていた彼女の長い髪が、その光を受けて柔らかく輝いていた。すらりとした体躯《たいく》はファッション誌を飾る読者モデルのように華奢《きゃしゃ》で、猫のように愛嬌《あいきょう》のある大きな瞳が、わたしのことをじっと見つめていた。

声をかけてもらったのだということが信じられなくて、わたしは少し唖然《あぜん》として彼女を見返していたと思う。とてもきれいで、目立つ子だったから、わたしは彼女の名前をよく憶えていた。加藤明日香。その響きを口の中で転がしながら、わたしは自分が質問をされているのだということを思い出し、顔を赤くしながら、必死になって言葉を返す。

「推理、小説だけれど……」

マイナーな作品だったので、タイトルを挙げることはしなかった。出版社のカバーのかかっている文庫本を、まるでそれを手にしていること自体が恥ずべきことであるかのように、わたしは机に伏せた。

「そうなんだ。好きなの？」

まるで物怖じしないで、笑顔を見せたまま聞いてくる。

彼女が興味を持って質問をしたのかどうかは、わからない。たぶん、早朝の教室で、他に話しかけるべき相手がいなかったから、席が隣だったわたしに声をかけただけなのだろう。

わたしはどうにか頷きながら、藁《わら》にでも縋《すが》るような気持ちで、か細い声を出した。

「加藤、さんは……。本とか、読むの？」

思えば、それはとても失礼な質問だったかもしれないけれど、そのときのわたしが発することのできる、精一杯のコミュニケーションだった。

わたしの質問に対して、彼女は小さく首を傾げ、笑った。

「少しだけかな」

「おはよぉ」

教室に、登校してきた女子たちが入ってきて、明るい挨拶の声を上げる。

「おはよー」

加藤さんは、彼女たちの元へ向かって、挨拶を交わす。

わたしとのやりとりと違って、瞬く間に黄色い声が上がり、話題が盛り上がっていくのが見えた。わたしは、とくとくと脈打つ心臓が静まり、逸《はや》る気持ちが萎《な》えていくのを感じながら、文庫本のカバーを指先で撫で上げた。

もしかしたら、友達になれる、せっかくのチャンスだったかもしれない。

どうして、わたしはあんなふうになれないのだろう。

あんなふうに、持っている子たちのことが、羨《うらや》ましい。

わたしがなにも持っていないのは、どうしてなのだろう。

せっかく声をかけてくれたのだから、なにか気の利いたことが言えればよかったのに。

落胆の気持ちとともに溜息を一つ吐いて、文庫本を再び開く。

いつしか予鈴が鳴って、教室が慌ただしくなる。

そろそろ、一限目の支度をしなくてはならない。

読んでいた文庫本を閉ざした、そのときだった。

「それ、可愛いねー」

隣の席に着きながら、そう言ったのは、加藤さんだった。

猫のような大きな瞳が、好奇心の色を仄かに宿して、わたしの手元に注がれている。彼女は椅子の向きを変えながら、わたしの方へと身を乗り出してきた。さらさらとした彼女の長い髪が肩からこぼれて、嗅いだことのないシャンプーの匂いが鼻を擽《くすぐ》った。

どうしよう。

どう反応したらいいか戸惑うわたしを気にせず、加藤さんは聞いた。

「ウサギなの？」

文庫本にはカバーが掛かっていて、出版社の摩訶《まか》不思議なキャラクターが描かれていた。それが、彼女の興味を惹《ひ》いたらしい。確かに、可愛らしいかもしれないけれど。

「これは、その、ウサギじゃなくて」

「え、じゃあなになに？」

これ、正確には、なんなんだろう。

猫？

教室の戸が開き、先生がやって来て、わたしたちの会話は中断した。

加藤さんの、大きな瞳が、わたしを見て笑う。

「またあとでね」

わたしは頷いて、日直が号令を掛けるのを耳にしながら、その文庫本を机の中へと仕舞い込んだ。

うまく答えられただろうか。変な子だと思われなかっただろうか。

教科書を開いても、正解なんて、どこにも書かれていない。

わたしはそっと横目で、加藤さんの方を見る。

すると、彼女もわたしの方を見て、優しく笑った。

授業が始まってからも暫くの間、わたしの胸は、ずっとどきどきしていた。

＊

わたしはたぶん、ただ幸運なだけだったのだろう。

そのことをきっかけに、わたしは彼女と会話を重ねるようになった。だから、あのウサギだかネコだかわからないキャラクターには、感謝しなくてはならないだろう。

トントン拍子に、わたしの学校生活は陽の光を帯びて輝きはじめた。一緒に加藤さんとお昼ご飯を食べるようになり、ＬＩＮＥを交換し、自然と休み時間にも会話をするようになって、帰りは肩を並べて電車に揺られるようにもなった。同じクラスの風夏や美保と仲良くなり、いつの間にか四人で行動するのが当たり前のようになっていった。加藤さんと同じように、風夏や美保は人当たりがとてもよくて、わたしたち三人の名前に共通する発音があるという、そんな他愛のないことで笑い合い、すぐに打ち解けることができた。加藤さんは、自分だけ仲間はずれみたい、とほんの少し眉をひそめ、悔しがってくれた。温かな陽に蕾が花開くみたく、変化は瞬く間だった。それまでの見窄《みすぼ》らしいわたしが、彼女たちの放つ眩しい光に、呆気《あっけ》なく掻《か》き消されてしまったかのよう。

わたしという人間が、その輪に相応《ふさわ》しくないということは、よくわかっていた。

だって、彼女たちは、どう見たって、持っている側の人間だ。

もっとわかりやすい表現をするのなら、モテる人たちだ、と言ってもいいだろう。

だって、容姿からして、青春を約束されているようなものだ。三人とも、すらりと背が高くて、可愛らしい。特に加藤さんはその点が顕著《けんちょ》で、横顔を眺めていると自然と大きな溜息が漏れてしまうし、大きな瞳に見つめられれば、それに吸い込まれるような気持ちになって、息が止まりそうだと錯覚してしまう。三人には、光が射し込み、カーテンが風にそよぐ窓際の席がよく似合うのだろう。対してわたしはといえば背が高いわけでもなく、顔には目立つそばかすが浮いていて、それを眼鏡で隠そうとしている、どう見ても地味で陰気な女子だった。

そんなふうに、あまりにも場違いなわたしが三人と一緒にいられる理由は、たんに加藤さんの性格によるところが大きいのだろう。彼女は蝶のような人だった。甘い蜜を求めて花々の間を飛び交う蝶。厳密に言えば、彼女は甘い蜜を与える方だと思うけれど、蝶のようだというわたしの印象は、ずっと変わらない。ふらふらと教室を羽ばたいて、なんの気兼ねもなく、そして偏見もなく、ただ同じ教室にいるからという理由で、たくさんのグループに声をかけてはそこに溶け込んでいく。

誰に対しても、仲良くなるのに時間はかからない。昨日は他のグループに声をかけていたと思えば、明日は違うグループの子たちと交ざってご飯を食べていることもある。まる

で息を吸うように友達を作れる子だった。その、わたしとの間にあるあまりの差に、最初は衝撃を受けた。どうして、そんなふうに臆《おく》することなく、他人と関わり合うことができるんだろう。拒絶されてしまったら、どうするのだろう。けれど冷静に考えれば、当然のことだ。彼女が拒絶されるはずはない。あんなにも美しい蝶を拒む花々は、きっとこの世に存在しないだろう。彼女は生まれたときから、それを持っている。わたしには、それが少しばかり、羨ましい。

雨の滴る音が、静かに鳴り響く放課後だった。

ちょうど、みんなと親しくなって二ヵ月が経つ梅雨の始まりの時期。

わたしたちは、一緒に帰ろうと約束をしていた風夏と美保が用事を終えるのを、教室で待っていた。一つの机を挟んで、わたしは加藤さんと、彼女が持ってきたファッション誌を眺める。彼女が着てみたいと声を上げ、「これどうかなー」と指さす服を見て、わたしはただ溜息と共に賛同を繰り返していた。だって、彼女に似合わない服なんて、ほとんどないだろう。てらてらとしたページに映るモデルの女の子が着るより、ずっと映えるはずだ。そんな夢想を繰り返していたら、唐突に、夏帆にはこれが似合うんじゃない？　と言われてしまって、わたしは眼を丸くした。お洒落《しゃれ》に興味がまるでないというわけではなかったけれど、お小遣いが多い方ではないし、自分にどんな服が似合うかなんて、まるで考えたこともなかったから、わたしは反射的に、首を振りながらこう言っていた。

「ダメ。わたし、加藤さんみたいに、可愛くないから」

加藤さんは、わたしの言葉に雑誌のページから顔を上げて、ちょっと驚いたように大きな瞳を丸くして、それから笑って言った。

「え、そんなことないよ。夏帆も可愛いよ」

わたしは、愛想笑いを浮かべながら、どう答えたらいいのだろうと言葉を探す。

すると、加藤さんは机に身を乗り出し、あの猫のような瞳で、わたしのことをじっと見つめた。それこそ、その瞳の美しさと、それに宿る底の知れない煌めきに、わたしは思わず息を止めてしまっていた。

ときどき、彼女はこんなふうに、なにを考えているのかまるでわからない眼で、わたしのことを見つめてくることがある。

じっと、わたしのなにかを、探るみたいにして。

わたしは頬が熱くなっていくのを感じて、彼女の瞳を見返すことができず、眼を泳がせた。

「眼鏡、とっていい？」

そう訊かれて、眼を瞬く。

不思議な質問だった。

眼鏡をとってみて。

ではなくて。

眼鏡を、とっていいか、だなんて。

わたしが小さく頷くと、加藤さんは真剣な表情で、わたしの顔に手を伸ばした。

ピンクのネイルで薄く彩られた爪の先が、わたしの顔に近付いてくる。

冷たい指が、わたしの頰を掠《かす》めたと思った瞬間、彼女はわたしの眼鏡を摘まむようにして、そっとそれを引き剝《は》がしていく。視界が急激にぼやける、ということはない。そこまで視力が悪いというわけではなくて、どちらかといえば、そばかすが目立たないようにかけている意味合いの方が大きかったから。

彼女の瞳が、わたしを見つめている。

距離が、ほんの少し、縮まった。いつも、なにを使っているのか知りたいなと思って、質問できずにいる、シャンプーの薫りが鼻を擽った。

「ほら、可愛いよ」

加藤さんは、そう笑って言う。

その、なんの根拠もない発言は、どういうわけか、わたしの胸の奥を熱くさせた。

「コンタクトにはしないの？」

「そこまで、眼が悪くないから」

「ねえ、メイクしてみていい？」

加藤さんは、そう言ってどこからともなく愛用の化粧ポーチを取り出した。

「えっと、それは、ちょっと」

「えー」

そんなの、したことがない。反射的に拒絶してしまうと、彼女は不服そうに声を上げて、それから、そっか、と笑った。けれど、素直に諦めてはくれなかったらしい。

「それじゃ、ネイルは？」

ポーチから、可愛らしいネイル用品を取り出して、加藤さんが言う。

もちろん、それで爪を飾った経験も、わたしにはなかった。

彼女の細い指を彩るピンクの艶《つや》に、微かな憧れを抱いたことなら、あるけれど。

「少し、だけなら……」

それを施すことで、なにかが変わるような気がして。

たとえば、この教室で、あなたと一緒にいられることの赦《ゆる》しを、得られるような。

「やった」加藤さんは笑う。「夏帆、指がきれいだから、してみたかったんだ」

そんなことは、ないと思うけれど。

わたしが恐る恐る差し出す手に、加藤さんの指先が触れる。

その接触が、じりじりとわたしの心臓を焦がすのは。

彼女が開けた小瓶から漂《ただよ》う、きつい匂いのせいなのかもしれなかったけれど。

わたしの人差し指に乗せられる艶は、彼女の指を飾るピンクと、同じもののように見えて。

「どうする？　他の指もしてみる？」

人差し指だけを彩ったピンクを確かめるため、わたしはしばらくの間、ぼうっと自分の手を目の前に掲げていた。

「夏帆？」

「あ、ごめん……」

「もしかして、いやだった？」

加藤さんは、眉尻を下げて、不安そうに言う。

わたしは慌てて言った。

「ううん。違う。その……。ちょっと、嬉しくて」

あなたと、一緒の色だったから。

「よかった」

彼女はほっとしたように吐息を漏らし、笑う。

「でも、いやだったら言ってね。夏帆、いつも、私たちに遠慮しているような気がしていたから、ちょっと心配していたの」

「そんなことないよ」

慌てて言ったものの、そうかもしれないな、とすぐに思い直す。

四人のグループの中で、わたしだけが浮いていて、負い目を感じていることを、彼女はその不思議な瞳の眼差しで、見逃さなかったのかもしれない。

「その、嬉しいのは本当……。加藤さんと、一緒の色だし……」

「うん、おそろいにしちゃった」

彼女は自分の指先を見せるようにして、いたずらっぽく笑う。

それから、言葉を足した。

「明日香でいいよ」

「え？」

「明日香って呼んで。私だけ夏帆って呼んでいるの、おかしいかなって」

彼女は、そうくすぐったそうに言った。

明日香。

わたしは、その名前を口の中で転がす。

今まで、何度も何度も心の中で呼んでいた名前と違っていたから、少しだけ慣れるのに時間はかかりそうだったけれど。

わたしはピンクに飾られた爪の先に眼を落とした。

中学時代は、一人で過ごす時間の方が、圧倒的に多かった。友達がいなかったわけではないけれど、本当の意味で誰かと繋がることは、できなかったように思う。その孤独を凌ぐためにできることといえば、勉強に打ち込むことくらいで。

想像もしていなかった。

こんなふうに、マニキュアの、ちょっと変わった匂いに頭を悩ませながら。

放課後の教室で、こんな時間を過ごすことができるだなんて。

大丈夫。

きっと溶け込める。

わたしは頰の筋肉に、ほんの少し力を込めた。なにか込み上げてくるものを感じて、慌てて指先を目元に運ぼうとしたけれど、マニキュアが付いてしまったら大変だから、思いとどまった。眼鏡を取られて、いまさら視力が悪くなったみたいに、ピンクに彩られた爪が、ふいにぼやけてしまう。

いつも、明日なんて来なければいいのにと、そう嘆いてばかりだったけれど。

今は、明日の希望を感じる、優しい香りに、胸が満たされて、いっぱいになる。

「夏帆？」

「ありがとう。明日香」

そう告げる言葉は、あまりにも照れくさくて、尻つぼみになってしまったけれど。

不思議そうな顔をする明日香に、わたしはそう笑いかけた。

＊

高校デビュー、だなんて言葉を使うには、少し遅かったかもしれないけれど、それからわたしという人間は変わることができたと思う。勉強をするとき以外は眼鏡をかけることをしなくなったし、髪型も流行りのものに変えた。明日香にメイクを教えてもらって、アイプチで眼を大きくすると、コンプレックスだったそばかすも、そこまで気にならないようになって、自分に自信を持てるようになった。そう。明日香たちのグループに交ざっていても、周囲の目が気にならなくなったのだ。自分が、ここにいても良いように思えるようになった。いつだったか、美保に言われたことがある。

「夏帆ってば、最近すごく可愛くなったじゃん」

「えぇぇ、なにそれ」

「なんか、明るくなったし、よく笑うようになったし、恋でもした？」

そんなふうにからかわれて、わたしは馬鹿なこと言わないでよ、と吹き出す。

確かに、恋をすると、女の子はきれいになるって言うけれど。

だとしたら、わたしは誰に恋をしたのだろう。

「違う。明日香のおかげだよ」

いろいろ、教えてもらったから。

生まれ持ったものは変えることができないけれど、少しずつ変わることはできる。

でも、それは単に、わたしが幸運なだけだ。

明日香と出会わなければ、わたしはこうはなれなかった。

青春なんて、だから、人と人との関わりで、簡単に大きく変化してしまう。

わたしたち四人は、いつでも一緒だった。明日香はときどき他のグループに顔を出すけれど、基本的にはわたしたちとずっと一緒だ。教室で輪を作り、食堂で笑い合って、球技大会では共に汗を流した。もちろん、その時間が永遠に続くわけではないとも知っている。

二年生になると、風夏や美保とは、クラスが離れ離れになってしまった。それに一抹《いちまつ》の寂しさを抱いたけれど、秘《ひそ》やかな高揚感を憶えたのも事実だった。

明日香とは、ずっと一緒にいられたから。

彼女と二人きりでいられる時間が増えたことが、妙に嬉しく感じられた。

風夏や美保がいなくても、明日香はわたしと過ごしてくれる。そのことは、わたしの自尊心をくすぐった。彼女は相変わらず、他の女の子たちに話しかけたり、男の子たちとも仲良くしていたりするけれど、最終的にはわたしの元へと戻ってきてくれる。彼女はとてもきれいで、それでいて気配りができるから、いつだって人気の人だった。そんな人が、最後には、わたしの机の側に来てこう言ってくれる。

「夏帆、今日も一緒にお昼食べに行こう」

あなたという風を受けて、わたしは大きくはらんだ帆船のよう。

彼女と長く付き合っていくうちに、わたしの中の、明日香に対する印象というのも次第に変化をしていった。初めて会ったときは、彼女のことがとても大人に見えて、年上の女性に対する憧れのような感情を抱いていたと思う。確かに、それはそこまで間違っていない。顔立ちがきれいで背も高く、仕草も上品で、子どもみたいにはしゃぐこともないから、大人っぽく見えるのは当然だろう。みんなはそう評価しているようだし、風夏と美保だって、そう捉えている。けれど、実際のところ、明日香には思いのほか子どもっぽいところがある。機嫌を損ねると、あからさまに拗《す》ねたような表情になって、黙り込んでしまうのだ。滅多にないことではあるけれど、それで周囲の空気を気まずくさせてしまうことがあった。

あれは、二年生の、夏休みを迎えた初日のことだ。

そのとき、わたしは明日香と一緒にモールで買い物をしていた。行ってみたいショップが近くにできたから、と彼女が誘ってくれたのだ。家はそれほど離れていなかったし、行動するエリアは重なっていたから、そんな理由で一緒に買い物をする機会は多い。明日香は雑誌で見かけて欲しかったというアイテムを手に入れて、ご満悦そうだった。スターターリーズに入って、だらだらと時間を過ごしていたら、彼女のスマホに通知が入った。

「すごいね。野球部、勝ったって」

彼女がスマホの画面を見つめて、そう言う。

「え」

それは面倒なことになったな、というのが素直な感想だった。今日の試合で野球部が勝った場合、全校生徒で応援に行くことになっていた。せっかくの夏休みだというのに、サボれば欠席扱いだ。わたしはまったくもって野球に興味がないから、夏休みの出鼻をくじかれたような気分に陥ってしまう。野球部の実力に詳しい男子の言葉では、どうせ負けるだろう、という見方が強かったので、油断していた。

「明日、学校に九時半だって。いま連絡回ってきた」

明日香はそう言って、LINEの画面をわたしに見せる。相手は岡田《おかだ》さんだった。

「黒木さんに回してって書いてあるけれど……」

わたしが言うと、明日香は眉尻を下げて、少し困った顔を見せる。

「そうなんだよね。教えてあげないといけないんだけれど、夏帆、黒木さんの連絡先って知ってる?」

出席番号順に、連絡を回すことになっているのだろう。

当然ながら、わたしはかぶりを振った。

明日香は困り果てたように言う。

「そうだよね。誰か知っている子いないかな」

「どうかな」その望みは薄そうだ、と思いながら、わたしは呟く。「あの子、うちらのクラスに友達いないんじゃない？」

明らかに、うちのクラスでは孤立している子だ。

わたしは新学期の自己紹介のことを思い出し、ざわざわと胸が痛み始めるのを感じた。どうも、居たたまれない気持ちになってしまう。共感性羞恥《しゅうち》というのだろうか、わたしには、あの子の気持ちが少しだけわかるような気がした。彼女は自己紹介のときに、大いに滑っていた。きっと、面白いことを言って、みんなの興味を惹きたかったのだろう。自分自身がなにも持っていないから、背伸びするみたく、自分という存在になにかがあるように周囲に見せたがってしまう。わたしにも、似たような経験があった。実行に移す勇気まではないのだけれど。

とにかく、そんなことがあって、教室のみんなはあの子のことを陰で笑っていた。とくに息を吸うように悪口を言う南《みなみ》さんが、面白がってそのエピソードを吹聴《ふいちょう》していたのだ。もっとも、教室でのみんなの陰口は、一ヵ月も経過する頃には収束を迎えた。みんなが飽きっぽかっただけかもしれないけれど、それには明日香の影響が少なからずあるのかもしれない、とわたしは密《ひそ》かに考えている。彼女は正義の人で、そして不機嫌になると周囲の空気を悪くさせてしまう。他人の陰口に注意することまではしないけれど、誰かの悪口を言えば彼女が機嫌を損ねてしまうということは、教室のみんなはそれとなく肌で感じ取っていたことだろう。誰からも好かれて影響力のある明日香を、わざわざ怒らせたいと考える子はいない。もっとも、南さんは致命的なまでに空気が読めないので、明日香はそれとなく彼女を避けて行動しているふしがあるけれど。

「荻野《おぎの》先生に聞くのがいちばんいいと思うよ」

「そっか。そうだね。そうしてみる」

彼女は暫くスマホを弄《いじ》っていたけれど、ふと顔を上げて言った。

「黒木さんに、なんて言えばいいと思う？」

「なんてって？」

明日香は表情を曇らせた。

「黒木さん、私たちのこと避けてないかな？　休み時間、漫画を読んでいたりするし、お昼にはどこかへ行ってしまうし、友達を作りたくないのかな？」

わたしはちょっと唖然とした。

なるほど。明日香には、黒木さんのことがそんなふうに見えていたのか、と思う。

わからないのも無理はないかもしれないな、と思った。明日香は孤独とは無縁の人だ。相手が誰だろうと臆することなく話しかけて、交流することができる。拒絶された経験なんてないのだろう。そして、たとえ自分が黙っていたとしても、彼女を放っておく人はいない。

でも、わたしは、それとは真逆の生き方をしていたから。

「そんなことないと思うよ」

わたしは笑って言う。

「どうして？」

明日香は、本当にわからない、というふうに、大きな瞳でじっとわたしのことを見つめた。真剣な眼差しと生真面目な顔付きに、ともすれば責められているような気分に陥ってしまうけれど、最近はこの吸い込まれそうな瞳がなにを吸収したがっているのか、わかってきたような気がする。

たぶん、それは、彼女の中にない価値観なのだろう。

「うーん、うまく言えないけど、漫画を読んでいたりするのも、会話のきっかけを探しているだけだと思うよ」

わたしと、あなたとの出逢いが、そうであったように。

「きっと寂しいんじゃないかな。だから、気になるなら、声をかけてあげたらいいんじゃない。ネイルしてあげるとか」

真面目な会話が少し照れくさくて、わたしは半分冗談交じりに、そう言った。

「そっか」

明日香は、わたしの言葉を咀嚼《そしゃく》するみたいに、大きな瞳をまばたかせる。

それから、少し寂しげに微笑んで言う。

「寂しいなら、寂しいって、言ってくれればいいのにね」

どうだろう。

わたしは眼を落として、フラペチーノに突き刺さるストローを咥えた。

それができるのなら、苦労はしないよ、という言葉を吐く代わりに、冷たい液体を吸い上げていく。ずずずず、と思っていたより激しい音が鳴ってしまい、それがおかしかったのか、明日香がくすくすと笑い出す。

そのときに、明日香がなにを思ったのかはわからないけれど、それを最後に、黒木さんの話題がわたしたちの間に上がることはなかった。

相変わらず、なにも変化することがなく、わたしたちの学校生活は続いていく。

そう、自惚《うぬぼ》れていた。

＊

三年生を迎えたとき、わたしの運は尽きたのかもしれない。

青春なんて、人と人との関わりで、簡単に大きく変化してしまう。

クラス替えの結果を発表する掲示板を見つめて、わたしは暫くの間、呆然としていたように思う。

覚悟はしていたつもりだった。三年とも連続で、明日香と同じクラスになれるとは思えなかった。また同じクラスだといいね、という話はしていたけれど、それは難しいのかもしれない、と心のどこかで諦めていたはずだった。それなのに、現実の結果は重たくわたしにのし掛かってくる。舞い散る桜の花びらの一つ一つが、わたしの未来を暗示しているようにも見えた。それは、なにかとても脆《もろ》いものが剝がれ落ちて、崩れ去って行く予兆のようだった。

「残念だったね」

わたしの隣に来て、明日香が言った。

「大丈夫そう？　仲の良い子はいる？」

わたしはぼんやりとしながら頷く。

親しい間柄の子はいないけれど、四組だった子の名前はいくつか見かける。

「明日香は？　岡田さんたちと一緒？」

「うん」

五組に並んだ見慣れた名前を見て、素直に羨ましいなと考えた。

それと同時に、どうして、わたしだけがあぶれてしまったのだろう、とも思う。

「寂しくなっちゃうね」

明日香がぽつりと言う。

「遊びに行くから」

そう、わたしは、どうにか声を絞り出した。

強がる必要が、どこにあったのかはわからないけれど、気にしていないというふうに。

明日香は表情を明るくして笑う。

「うん、お昼とか、誘ってね」

彼女はそれから、掲示板を眺めていた岡田さんに声をかけた。その輪に、南さんが加わっていく。その流れを傍観者のように見て、わたしはひとり、弾き出されてしまったような気分に陥った。寂しくなっちゃうね、と言っていた明日香は、希望に満ちた新学期に導かれるように、楽しげに岡田さんたちと離れて行く。

なんでだろう。

どうしてだろう。

どうして、青春はこんな意地悪をするのだろう。

せめて、南さんとわたしのことを、入れ替えてくれればいいのに。

誰かが悲鳴を上げている。

同じように、青春に裏切られた人かもしれないと顔を向けると、なんで、とみっともなく声を発していたのは、内《うち》さんだった。見たところ、わたしと同じ四組で、いつものグループと一緒のようにも見えるけれど、なにか不満があったのかもしれない。

あんなふうに、素直に声を上げることができたら、どれだけ楽だろう。

大丈夫。

教室は隣だ。いつだって遊びに行ける。今までの関係が変わるわけじゃない。きっと、これまでとなにも変わらないだろう。そのはずだ。

でも、明日香はどう思っていたんだろう？

わたしと同じように、本当に寂しいと思ってくれたのだろうか？

不安と寂しさを抱えながら、わたしは静かにその場を離れた。

＊

久しぶりに、懐かしい気持ちを味わうようになった。

わたしの中にあった、明日の希望が香る風が凪いで、帆が萎《しぼ》んでいくのを感じる。

うまく、教室に溶け込めない。明日香と一緒にいたときは、進級してすぐに新しい友達を作ることができたのに、誰かに話しかける勇気がどうしても湧いて出てこなかった。二年生のときに一緒のクラスだった子たちとは、それほど親しいわけではない。明日香を含めて、よく一緒に遊んでいた子たちは、ほとんどが五組に行ってしまった。せめて、風夏や美保と一緒になれればいいのに、彼女たちも別のクラスだ。そういうわけで、休み時間のわたしは、手持ち無沙汰になってしまって、空いた時間の孤独を凌ぐために、参考書を広げる日々を続けていた。まるで小説を開いて、他人との関わりを拒絶するかのように。青春なんて運しだい。わたしは、ただ明日香がいたから、幸運なだけだった。変われたと思っていたのは、ただの錯覚だったのだ。

ときどき、明日香と一緒にお昼を食べることができるけれど、毎日というわけにはいかない。きっと彼女には彼女の、友達づきあいというものがあるのだろう。あるとき、一緒に食堂でご飯を食べていたとき、不意に明日香が訊いた。

「夏帆、大丈夫?」

「え、なにが?」

「新しいクラス。あまり仲がいい子っていなかったでしょう?」

「大丈夫だよ。何人かと、LINEも交換できたから」

わたしは、笑って取り繕《つくろ》う。

でも、どうして、強がったりするのだろう。

わたしは、本当のわたしを、認めてあげることができないのかもしれない。

わたしは黒木さんのような女の子とは違う。明日香の側にいるのが相応しいタイプの女の子なんだって。

そう、信じたいのかもしれなかった。

寂しいと、声を上げることが、できたらいいのに。

「そう？」

じっと、あの瞳で見つめられると、わたしは視線を逸らすことしかできなくなる。

それが、食事をするために必要な動作であったかのように、スプーンを口元に運んだ。

「今度の遠足だけれど、誰と一緒にまわるか決めた？」

「え」

わたしは震えそうになったスプーンを置いて、明日香に訊く。

「明日香は、どうするの」

「茜《あかね》たちと一緒にまわるの。五組のみんなと」

茜、というのが、誰のことを指すのか、ほんの少しの間、わからなかった。

岡田さんのことだ、と遅れて思い至る。

「そう、なんだ」

いつから、そんなふうに、親しくなったのだろう。

岡田さんも、彼女のことを、明日香と呼ぶのだろうか。

これまで、明日香が下の名前で呼ぶ友達は限られていた。わたしの知る限り、わたしや、風夏と美保くらいだと思っていて、わたしの中でのそれは、ある種の結束を示すものに等しかった。彼女は蝶のように、たくさんの子のグループを自由に巡り、誰とでも親しくなれる。けれど最後の一線を超えることはなく、いつだって、わたしたちの元に――、わたしの元へ、戻ってきてくれるのだと、そう信じていた。

　一つの特権だった。

あなたのことを、明日香と呼んでもいいのは、わたしたちだけだって。

「夏帆はどうするの？」

「わたしは」

わたしは、言葉を待った。

あまり、長く口を閉ざしているのも、不自然だったろう。

だから、待てる時間なんて、ほんの一瞬でしかない。

それでも、その一瞬の時間に、期待していた。

夏帆も、一緒に来る?

あなたが、そう言ってくれるのを。

けれど、その一瞬は、あまりにも短くて。

あなたは、その唇を閉ざしたままでいたから。

「わたしは……。四組のみんなと回るから、大丈夫」

「そう？」

どうして、言えなかったのだろう。

どうして、言ってくれなかったのだろう。

予鈴が鳴り、食堂が慌ただしくなる。

次の授業は、移動教室だったから、わたしは教室に戻らず、ここから直接に向かった方が早い。

「それじゃあ、またね」

わたしたちは、その場で別れ、別々の道を歩き出す。

*

これはなにかの報いなのだろうか。

わたしは信じられない思いで、窓辺に立ち尽くしていた。

中庭の景色を見下ろすと、女の子たちがグループを作って、お弁当を食べている景色が見えた。その中に、見知った顔がある。

明日香だった。

今日も一緒にご飯を食べない？　とＬＩＮＥを送ったら、約束があるからと断られていた。岡田さんたちと一緒なら、わたしも交ぜてくれればいいのに、と、スマートフォンの画面を見つめながら、明日香が新しいメッセージを送ってくれるのを待ったけれど、「夏帆も一緒にどう?」という言葉は、画面に表示されることがなかった。だから、不思議に思っていた。いったい誰とご飯を食べているんだろうって。

隣にいるのは、あの子だった。

黒木智子《ともこ》。

彼女を中心に囲むように、女の子たちがそこで食事をしていた。

それは、なんだかとても信じがたい景色に見えた。

明日香が、黒木さんに優しく微笑みかけて、お弁当のおかずを譲っている。

わたしは、自分がこれまでに抱いていた黒木さんに対する印象を思い返していた。可哀想に。ああはなりたくない。気持ちはわかるけれど、見なかったふりをしよう。そんなふうに視界の端で追いかけていながら、存在を黙認していた女の子が、今は陽向《ひなた》の中心にいる。あんなにも大勢に囲まれて、楽しそうにしている。

いつだったか、この場所で、黒木さんの姿を見つけたときのことを思い出した。きっと孤独を凌ぐために、誰にも見つからない場所でお昼を過ごしていたのだろう彼女を、わたしはこの場所から憐《あわ》れんだ。ああはなりたくないと考えて、だからといって声をかけることもせず、見なかったふりをした。けれど、どうだろう。今日、一人きりでお昼を過ごしたのは、どっちだろう?

青春なんて、きっと運しだい。

明日香の隣にいられる人間が、替わってしまっただけなのだろう。

彼女は美しい蝶だった。

ひらひらと自由に羽ばたいて、花々を行き交う蝶。

わたしも、数多くある花々の、ただの一つに過ぎなかったのかもしれない。

気のせいだろうか、その日から、明日香との距離が離れていくのを感じるようになった。

廊下で楽しそうに友人たちと歩く彼女を、わたしは遠目で追いかける。声をかけようとしたその背中の向こうには、いつも黒木さんの姿があった。LINEをしても、返事に時間がかかるようになった気がするし、週末の約束も、先約があるからごめんねと断られてしまう日が増えた。ゴールデンウィークにだって、予定ができてしまったという。

二年生のときまで、ときどきうっすらと施してもらっていた指先のネイルが、その機会を失ってすっかり落ちてしまったのを、この指先を見る度に、嫌でも思い知らされていく。

もちろん、まったく彼女と会えないわけじゃない。廊下ですれ違えば、会って話をするし、くだらない話で笑い合う。都合が付けば、一緒にご飯を食べるし、放課後にカフェへと寄ったりする。けれど、そんな日常の節々で、彼女からわたしの知らない話を聞かされてしまうのが、少しばかり苦痛だった。たとえば、遠足であったこととか。黒木さんにもらったキーホルダーのこととか。みんなで遊びに行ったカフェのこととか、オープンキャンパスのこととかを。そういう、わたしの存在していない時間のことを楽しげに聞かされて、胸がちくちくと痛むのは、どうしてだろう。

明日香。

いつか、あの子も、彼女のことを、そう呼んだりするのだろうか。

「夏帆」

今はその頻度は落ちてしまったけれど、ときどき帰りに二人きりで寄るカフェの片隅で、明日香がわたしにそう呼びかける。

「どうしたの？」

不思議そうにする彼女に、わたしは慌てて言った。

「ううん、なんでもないよ」

どうして、素直になれないんだろう。

強がりばかり、言ってしまうんだろう。

表情を、取り繕うのは、得意だ。

わたしは、なんでもない顔をして、彼女の隣にいることができる。

「青学《あおがく》、楽しそうな場所で良かったね」

「夏帆も一緒に行けたらいいのに」

と明日香は寂しそうに言う。

本当に、そう思ってくれているのだろうか。

「うちは、私立は難しいかな。親に怒られちゃう」

わたしは笑って、カフェオレを口に含んだ。

少し冷めてしまったそれは、わたしの舌を苦くする。

それも、きっと運なんだろう。

いつまでも、一緒にいられるわけじゃない。

そんなのは知っている。

それなのに。

あなたと一緒にいられる資格のある人が、わたしは羨ましくて、たまらない。

「最近は、黒木さんと、仲がいいんだね」

話を変えたかったはずなのに、わたしは苦いものを吐き出すように、そう零していた。

「うん」

明日香は優しく笑って言う。

「夏帆のおかげだよ。ありがとう」

意味がわからずに、わたしは眉をひそめる。

「声をかけてみたらいいって、言ってくれたでしょう」

そんなこと、言っただろうか。言ったとしても、そんな言葉がなくたって、明日香は誰にでも声をかけることができると思う。でも、こんなことになった結果の原因が、わたし自身にあるのだとしたら、それはとても滑稽《こっけい》なことだと思った。

明日香は、どうして黒木さんに声をかけようと思ったのだろう。

大きな理由なんて、ないのかもしれない。花々を飛び交うように、ただ目に留まった花に近付いただけなのかもしれない。それとも、彼女は黒木智子の孤独に気付いたのだろうか。あなたは正義の人だから。あなたはとても優しいから。だから、彼女の寂しさに気付いて、声をかけたのだろうか。けれど、そうなのだとしたら。

そうなのだとしたら。

気付いてほしい。

わたしも、寂しいのだっていうことに。

「夏帆」

「なに?」

「大丈夫?」

「え?」

わたしは表情を凍らせて、彼女に聞き返す。

「ほら、クラスが離れちゃってから、遊べる時間が減っちゃったでしょう? 夏帆がクラスの子と仲良くやっているならいいけれど、私はちょっと寂しいかなって」

わたしは眼を伏せる。

それから、大丈夫だよ、と声を上げて笑う。

けれど、この笑顔は、少しだけ引き攣《つ》っていたかもしれなくて。

「本当に？」

そう、明日香の瞳が、まっすぐに、わたしを射貫こうとする。

寂しいなら、寂しいって、言ってくれればいいのにね。

そうか、と思った。

あのとき、明日香が言った言葉が、今更になって耳に甦る。

明日香は、寂しいと言ってくれた。

けれど、その寂しいは、わたしが感じる寂しいとは、重みが違う。

それを考えれば、とても苦しくて、耐えがたい気持ちに襲われてしまうけれど。

わたしは、かつて孤独だったときのことを思い出していた。中学生の、眼鏡をかけていて、地味で暗かった女の子のことを。寂しさを抱えて、けれど、それを告げられる相手が誰もいなかった時代のことを。

今はきっと違う。

寂しいときに、声を上げれば、それに耳を傾けてくれる人がいる。

青春が、人と人との関わりで、大きく変化してしまうというのなら。

「ねぇ、明日香」

中学時代を過ごしていたとき、わたしは言えなかった。

今だって、言えないんだ。

友達になってよ。

わたしも、一緒にいさせてよって。

でも、たったその一言で、なにかが変わるというのなら。

「夏帆？」

「わたしにも……」

わたしは震える声で言う。

「わたしにも、黒木さんのこと、紹介してよ」

帆を膨らませるように、大きく息を吸い込んで、わたしは告げる。

あなたたちと、一緒にいさせてよ。

その言葉の重みが、どれだけ伝わるかわからなかったけれど。

今は、それくらいしか言えそうにない。

もうすぐ、夏だ。

ピンクのネイルで彩られた彼女の指先が、わたしに近付いて。

明日を感じさせる香りが、この鼻先を過《よぎ》っていった。

モテないしラブホに行く

円居挽

「なんですか、先生？」

荻野《おぎの》は智子《ともこ》を手招きして、人通りが比較的少ない場所まで移動させる。そしてスケッチブックをパラパラと捲《めく》ってみせた。一枚一枚はっきりと見えたわけではないが、描かれていたのはいずれも馴染みのある幕張の風景のようだった。

「これなんだけど……」

そう言って荻野が智子に一枚のページを開いてみせる。そこに描かれていたのは、見返って微笑んでいる一人の少女の絵だった。それ自体は何の問題もない。だが背景の場所と少女の格好が問題なのだ。

「この背景、幕張本郷《まくはりほんごう》のラブホテルによく似てるのよね。それに……」

そしてそこに描かれている少女はヘアスタイル、背格好、佇《たたず》まいから判断するに、田村《たむら》ゆり本人としか思えなかった。

ただ唯一引っかかるのは、これまでゆりが見せたことのない笑顔を浮かべていたことだ。その笑みは愛おしい恋人に向けるもののようにも、これから来る淫靡《いんび》な時間を楽しみにしているようにも見える。

そんなスケッチを見せつつ、荻野は問う。

「黒木《くろき》。友達として見て、これは田村だと思う？」

ゆりではない。だけど、ゆりかもしれない……。


私がモテないのはどう考えてもお前らが悪い……そう考えていた時期が私にもありました。

定期券をしまいつつ黒木智子はそんなことを思う。海浜幕張《かいひんまくはり》駅の改札を抜け、そのまま駅の北口を出ると、7月の強烈な日差しが肌を焼いた。

やっぱり日傘持ってくればよかったかな。

赤の他人に抱きつかれたような不快な暑さにとらわれて思わず立ち止まるが、突然吹いた風が吹き飛ばしてくれた。

埋め立て地である幕張だが、海が近い割に磯の香りはしない。風が運んでくるのはよく言えば都会の匂い、悪く言えば排ガスとアスファルトの匂いだ。

一瞬でも暑さを忘れることができた智子は気を取り直して通学鞄のショルダーストラップに両手をかけ、歩き始める。通学路である国際大通りには智子と同じ原宿教育学園幕《はらじゅくきょういくがくえんまく》張秀英《はりしゅうえい》高校に通う生徒たちがゾロゾロと歩いていた。

三年になってようやく気がついたけど、本当にモテたいなら朝の通学時間だけでもできることがあったんだよな……。

「おはよ」

「おう」

そんなお決まりの男子と女子のやりとりが耳に入った。朝の通学路をよく観察していると特に女子は本当に愛想良く男子に声をかけているような気がする。まるで人間関係という畑に水を撒《ま》くように……。

智子はかつて恋愛は狩猟だと勝手に思っていた。だがそれはあくまで性的魅力などの強い武器を持っている人間の話で、そうでない人間の恋愛はむしろ農業に近いようだ。常に身綺麗にし、誰にでも愛想良く振る舞い、自分に好意を抱いてくれる人間が現れるのを辛抱強く待ち、時が来たら実った恋を収穫する……まったく気が遠くなりそうな迂遠《うえん》さだ。そうやって恋を沢山収穫できることをモテと呼ぶのなら、智子が求めていたものとは多分違う。

やっぱりどう考えても私はそういうの向いてないんだよな。まあ、だから喪女《もじょ》になっちゃったんだけど。

そんなことを思いながら横断歩道を渡ると、映画館の前で一人の女子が立ち止まって友人たちに提案しているのが見えた。

「ねえ、みんな。帰り暇だったらあの映画行かない？」

「おっ、いいね」

「なんかすげえ評判いいんだよな」

「先輩も感動したって言ってたし」

そうか、こいつら一年生か。夏休み前だし、どいつもこいつも早く番《つがい》になりたくて焦ってるんだな……。

内心そう茶化しつつも、何の映画の話をしているのか気になって、つい足を止めて確認すると、その女子は二つ結びの髪のアニメ絵のヒロインが大写しになったポスターを指差していた。

ああ、『電気《でんき》の子《こ》』か……。

満海四股人《まんかいしこと》監督の長編劇場アニメ『電気の子』は7月初旬に公開したばかりにもかかわらず、日本記録を塗り替える勢いで興行収入を伸ばし続けていた。前評判も高く、智子も期末テストの期間中に捨て教科の勉強をサボって観た。

まあ面白いは面白いけど、一般受け狙ってるのが引っかかったんだよな。満海監督といえばもっと自意識過剰なオタク向けのマニアックな作風だったのに。なんかすっかり遠いところに行っちゃった……今や一般人《パンピー》たちのデートムービーになるんだもんな。

「でもこの映画、ちょっとエロいらしいぜ」

「べ、別にそれが観たいわけじゃないし！」

エロいシーンというのは主人公とヒロインがラブホテルで一夜を過ごす場面のことだろう。実際エロいことはエロいが、往年の満海監督の尖りに尖った性的嗜好《しこう》を知っているとどうしても半笑いになってしまう。

世間やスポンサーの目を気にしてマイルドな作品を作る満海監督なんて見たくなかったよ。もっと自意識を勃起《ぼっき》させて、先走り汁テラテラの気持ち悪いポエムを詠み上げてこそだろうに。

「一人じゃ行けないから誘ったんだな」

「そんなに言うなら、やっぱり行かない！」

「ほら、拗《す》ねんなよ」

「まあ、しょうがねえから付き合ってやるよ」

もう午前授業に移行してるけど、本格的に夏休みに入る前に観ておいて良かった。こいつらみたいなのに挟まれて観るとか地獄だ。上映後「ラブホ行ってみようか」「見るだけだから」的な会話が耳に入ったらキレてしまう自信がある。

そんなことを思いながら智子がまた歩き始めようとすると、いきなり肩をつつかれた。振り向くと田村ゆりがイヤフォンを外して挨拶してくるところだった。

「智子、おはよ」

ゆりは同じクラスで、智子の決して多くない友人の一人だった。

「おはよ、ゆりちゃん」

ゆりは髪を二つに結んだ地味な少女だったが、智子と違ってずっと一貫してモテることに興味がなかった。だからゆりは普通の女子のように誰彼構わず挨拶して回ったりしない。ではモテないのかというとそうでもなく、かつてはゆりに好意を持つ男子も存在したらしい。蓼食《たでく》う虫《むし》も好き好きと言ってしまえばそれまでの話だが、思春期に入ってからまったく浮いた話がない智子にしてみればその差は大きい。

まあ、顔だけ見れば全然悪くないのか。実際、私が男なら勃《た》つと思うし……。

「じゃあ、行こうか」

ゆりは肯《うなず》くと、特に何を話すでもなく智子の隣を歩く。ゆりが口下手というのもあるだろうが、話題もないのに無理に話しかけてくる手合いが苦手な智子としてはゆりの気遣いがありがたい。

しかし愛想なし笑顔なしのゆりがどうして私と一緒にいてくれるようになったんだろう？知らない内にどっかでエレンポイントみたいなのが貯まったのかもしれないけど、それはそれでちょっと怖いぞ。

田村ゆりというのはとにかく感情が顔に出にくい女だというのが智子の理解だった。喜《き》怒《ど》哀楽《あいらく》がないわけではなく、むしろよく解らない激情を秘めていたりするのに、それが表情筋とで強く連動しない上、自分の感情を口にすることも少ない。ゆりの内心を察することのできる者でない限り、彼女と長く一緒に居続けるのは難しかっただろう。

だからこそ、ほぼぼっちだったんだろうけどな。もしかすると私が今ゆりといられるのもその辺が理由なのかもしれない。

実際、最近は割とゆりの表情が読み取れるようになってきた……とは思う。

「ゆりちゃん、最近なんか面白い漫画あった？」

「……別にないけど」

と素っ気ない返事だ。

今日のゆり、いつもより機嫌がよくない気がする。

そんなゆりを見ていて智子はついバカなことを口にしたくなる。

「……ゆりちゃん、生理？」

返事の代わりに智子の肩に拳が振り下ろされた。

下駄箱で上履きに履き替え、3—5の教室に行こうとしたところで担任の荻野とエンカウントした。

「田村、ちょっといい？」

荻野は保健体育の担当だけあって、体育会系らしい無神経さで智子の心を掻《か》き乱す存在で、智子は正直かなり苦手だった。

……まあ、荻野《こいつ》が高二の修学旅行で強引にゆりと班を組ませてくれなかったら、こうして一緒に通学する仲にはなってないんだけどさ。

「なんですか？」

荻野の表情はやや重い。あまりいい用件ではなさそうだが、ゆりはいつもの調子で返した。

「こういうこと訊《き》くのなんだけど……」

荻野は少し迷いつつ、小声でゆりにこう尋ねた。

「昨日、幕張本郷のラブホテル街に行かなかった？」

一応、荻野にも声を潜《ひそ》めてみせるデリカシーはあったようだ。

いや、普通は生徒指導室とか、どこかの個室で二人きりの時に訊かないか？　というか、私もいるんだが？

「……いいえ」

ゆりの否定は弱々しかった。元から声を張る方ではないが、この場合だと積極的な否定には聞こえない。

ちょっと背中を押してやるか。

「ゆりちゃん、違うなら違うってはっきり言った方がいいよ」

だがゆりはふいっとそっぽを向いてしまった。

おいおい、荻野の前だぞ……まあ、荻野はゆりがこういう奴だって解ってるだろうけど さ。

智子は仕方なくゆりのフォローをするべく、荻野に質問をぶつける。

「具体的に、ゆりが目撃されたとかあるんですか?」

「……昨日、学校の用事の帰り道に車で幕張本郷を通ったら、ちょうど田村みたいなヘアスタイルの女子生徒がラブホテル街の方に消えていくところを見かけたの。すぐに車を停めて捜したんだけど、見つからなくてね」

荻野の見間違いか、それともその女子生徒がラブホに入ってしまったのか……現時点ではまだ判断がつかない。

「それ、何時頃の話ですか?」

「夕方の5時頃ね」

「だったら違うと思います。ゆりとは昨日の4時半頃に海浜幕張駅のホームで別れたんで」

荻野はしばらく智子とゆりを交互に眺めていたが、やがて小さく肯いた。

「それだけじゃ何とも言えないけど……とりあえず解ったわ。ありがとう」

そう言って荻野はどこかへ行ってしまった。ひとまずこの一時の間は疑いが晴れたと見て良さそうだ。

「……ありがと」

ゆりがぼそっとつぶやく。表情に変化こそないが彼女なりに申し訳なさは感じていたようだ。

ゆりが口下手なのは今に始まったことじゃないしな。まあ、別に私も口が上手いってわけじゃないけど。

智子がそんなことを考えていると、ピンクの髪の少女が後ろから二人の腕を取って元気に挨拶してきた。

「おはよう。クロ、田村さん」

根元陽菜《ねもとひな》、ゆりとは正反対の明るい少女だ。ひょんなことから智子と打ち解け、今ではクロとネモと呼び合う仲になった。

「おはよう」

「……おはよう」

ゆりは陽菜に摑まれた腕をゆっくりとほどく。

こいつはいつもネモに塩対応だな。

「あ、そうだクロ、その内『電気の子』観に行かない？　あーちゃんも誘ってさ」

まあ、一般人の間で流行《はや》ってるんだ。ゆるオタのネモが行きたがるに決まってるか。

「私はもう観たよ。多分ネモなら喜ぶと思う」

「何、その言い方……じゃあ、田村さん行かない？」

「別にいいけど」

「えっ、どっち？」

今のは行かないって意味だな。このままだと田村ゆり検定一級は遠いぞ、ネモ。

「そうだ。田村さん、昨日アウトレットパークにいなかった？」

「……行ってないけど」

アウトレットパークは海浜幕張駅の南口にある商業施設だ。高校生が買うにしてはお高めな服や雑貨を扱う店が多いが、ウィンドウショッピングにはかえって向いている。勿論《もちろん》、コーヒーショップなどもあり、智子もたまに誘われてお茶したりする。

「後ろ姿を見かけて声かけたんだけどそのまま行っちゃったから……じゃあ、違う人だったのかな」

まあ、そういうことをやりかねないのがゆりなのだが、流石《さすが》にネモ相手にはやらないだろ。多分。

「……私、昨日は智子と一緒に帰ったから」

「そうなの、クロ？」

「うん。昨日はアウトレットパークには寄らずに帰ったし、人違いでしょ」

「なーんだ。恥かいちゃった」

陽菜はアハハと屈託なく笑う。だが智子は陽菜の話が妙に引っかかった。昨日の放課後、幕張本郷とアウトレットパークの二ヵ所でゆりらしき生徒が目撃された。ただの偶然かもしれないが、まるで田村ゆりという人間が幕張に何人もいるみたいじゃないか。

我ながらバカな考えだと思っていたが、智子はあることをふと思い出した。

あれ、ゆりのことを無表情な奴だと思ってたけど、二年生の頃は喜怒哀楽をもっとはっきり出していたような……例えば泣きそうな顔したり、不機嫌そうな顔したり、困った顔したり……今のゆりからはとても考えられないことだが。

それに付き合いが深くなるにつれ少しずつ色んな面を覗《のぞ》かせるようになるというのはあっても、逆はありえないのではないか？

私はゆりのことをもう知ったつもりでいたけど……私は一体、ゆりの何を知ってるんだろうな。

ゆりと陽菜と一緒に歩いているのに、智子はたまらない孤独を感じていた。まるでぼっちの一年の頃に戻ったようだった
「おい、謹慎《きんしん》か？　停学か？」

教室に入ると吉田茉咲《よしだまさき》が智子とゆりに詰め寄ってきた。

茉咲はギンギンの金髪で、見てて恥ずかしくなるほどのヤンキーだが、これまた訳あって仲良くなった同級生だ。

「いや、吉田さんじゃないんだから」

「んだと？　っていうか、お前が言えたガラか？」

ほら、ヤンキーはすぐにオラつく……。

ただ、茉咲はゆりと違って喜怒哀楽がはっきりしているので、地雷が解ってくると付き合いやすくはある。

まあ、敢《あ》えて地雷踏みに行ったりすることもあるんだけどな。

「ごめん、ゆり、黒木さん。私のせい」

慌てるように割って入ってきたのは田中真子《たなかまこ》だった。

「さっき廊下でゆりたちが先生と話してるのを見ちゃって。『何か深刻そうだったよ』って吉田さんに教えたから……」

真子はそばかすの残る大人しそうな少女で、ゆりとは一年からの付き合いらしい。最近は茉咲ととても仲がいい。ただ智子はひそかに真子をガチのレズビアンなんじゃないかと疑っている。

「大丈夫。そういう話じゃなかったから」

ゆりはあまり触れて欲しそうではなかったが、それで茉咲が納得しないことは明らかだった。

仕方ない。まあ、この二人になら話しても大丈夫か。

智子は先ほどの一幕をかいつまんで説明した。

「……田村、行ってねえんだよな？」

茉咲が少しだけ心配そうにゆりに尋ねるが、ゆりはきっぱりと首を横に振った。

「行ってないけど」

その返事に茉咲は露骨に安堵《あんど》の表情を見せた。

「そうか……昨日、そこのドンキでお前を見かけた気がするからな。もしかしてって思ったんだが、疑って悪《わり》い」

「気にしなくていいよ」

ん？　ネモに続いて吉田さんまでゆりを見かけたのか……なんか引っかかるな。

茉咲は何事かしばらく考え込んでいたが、やがて何かを閃《ひらめ》いたような表情で口を開く。

「……だったら田村の無実をこっちで証明すればいいんじゃねーか。4時半に駅にいた田村が、5時に幕張本郷のあの辺に現れるのは無理だってことを、実際に歩いて確かめたらいいんだよ」

実にヤンキーっぽい短絡的な思考だ。だが口に出せば何らかの制裁を受けるのは明らかだった。

「よし、今日の放課後に早速確かめるぞ」

茉咲の提案に智子は肯く。智子は智子で確かめたいことができたからだ。

放課後、智子とゆりは校門の前で茉咲と真子と別れた。

「じゃあ、駅着いたら連絡するからな」

海浜幕張駅から幕張本郷のラブホテル街に辿り着くためのルートは大雑把に二つある。一つはセンターストリートを道なりにずっと進むルート、もう一つは国際大通りから国道14号線を経由するルートだ。この二つを踏破するのにかかる時間を実際に歩いて計ろうというのが茉咲の案だった。

いや、今日はブックオブかアクレシオで『アカギ』を読む予定だったんだけどな……。

智子はセンターストリートのルートの方が早いと思ったのだが、念のため後者のルートの時間も計っておけというのが茉咲の主張だった。そしてそちらを担当するのが智子とゆりだ。

智子とゆりの出発は、茉咲と真子が海浜幕張駅に到着してからということになっているので、二人は時間調整のために校門近くで待機していた。

「吉田さん、張り切り過ぎて熱中症にならないかな」

「真子がいるし大丈夫でしょ。さっき吉田さんの分のスポーツドリンク買ってたし」

いや、あのヤンキーが倒れてくれたら中止になって早く帰れるって話だったんだが。

「おー、黒木じゃねえか」

いきなり名前を呼ばれた。声の主を確かめると、隣のクラスの杏奈《あんな》が花壇の縁に腰掛けてこちらに手を振っていた。

「あ、杏奈さん」

「そっちは田村だったか。まあ、こっち来いよ」

杏奈はスマートフォンをしまって手招きする。このまま棒立ちというのも何なので、智子は杏奈の隣に腰を下ろす。すると遅れてゆりも智子の隣に座った。

杏奈は茉咲の友人で、平たく言えば彼女もヤンキーなのだが、茉咲に比べると遥《はる》かに気さくで智子でも話しやすかった。

背は小さいけど身体がムチムチしててエロいんだよな……。

智子が邪《よこしま》な視線を這わせていると、杏奈は笑って尋ねる。

「おっ、あたしに何か訊きたいことでもあんのか？」

いくら杏奈がいい人でも、まさか「ちょっと視姦《しかん》してました」とは言えない。

どうやって誤魔化そうか……。

だがそう思った途端、すぐに妙案が閃いた。

「いや……その、ちょっと知りたいことがあって」

「なんだ？　あたしに答えられることならいーぞ」

杏奈はそう言ってニヤッと笑った。

この人、あのヤンキーと違って頼めばおっぱいとか揉《も》ませてくれそうなんだよな。

そんなことを思いながら、智子はこう尋ねる。

「あの……ラブホテルって制服で入れるの？」

荻野が目撃したというゆり似の女子生徒がラブホテルに入るためにあの辺をうろついていたとしても、そもそも制服で入れないのならこの問題をそれ以上考える必要はなくなる
……そう思っての質問だった。

だが杏奈は興奮したように自分の太股《ふともも》をバンバン叩く。

「マジか……お前、マジか！」

「え、なんかやっちゃった？」

「黒木に男がいるのも驚いたけど、制服でラブホまで行こうとするとはな……相変わらず面白《おもしれ》ーな」

何かとんでもない勘違いをされていた。まあ、そう勘違いされるのはやぶさかではないがゆりの手前、変にふかすのも良くない。

「いや、知り合いの話だけど……ねえ？」

ついゆりに同意を求めてしまい、返事の代わりに脇腹への地獄突きを受けた。

会話下手が見事に祟《たた》った。この流れでゆりにこう振ったら、ゆりがラブホ行きたがってるみたいだもんな。

「……ちょっと耳こっち寄せろ。先公に聞かれたらうるさいからな」

手招きされて、杏奈の顔の近くにゆりと一緒に耳を寄せる。すると杏奈は囁《ささや》くような声で話し始めた。

「聞いた話だぞ。流石にラブホ側も高校生は入れたくないから、普通は受付で弾く。だから行く奴は高校生に見えないような格好するんだが、受付がないところだと制服着てても行ける可能性が高いんだと」

確かにラブホの人間と直接顔を合わせることがないのなら、案外すんなり行けるかもしれない。

「幕張本郷のラブホ街にある、ＵＦＯみたいなところなら行けるって話だ。まあ、中は狭いらしいがな」

してみると、その偽ゆりは受付のないラブホテルを利用したのだろうか。

「……でも制服さえ着替えればリスク下がるのに、わざわざ着て行くのかな？」

「さあな。でも制服で入った方が興奮する奴もいるんじゃないか？」

杏奈はまたニヤッと笑うと、立ち上がる。

「じゃあ、あたしは行くわ。ラブホ、入れたらまた教えてくれよな」

いや、別に入るつもりはないんだけど……。

小さく手を振って、杏奈を見送る。その直後、何か名状しがたい重苦しい空気が智子を捉えた。

「黒木さん」

見ればクラスメイトの加藤明日香《かとうあすか》が綺麗なロングヘアを掻き上げながら智子に微笑みかけていた。

「か、加藤さん……」

智子は思わず居住まいを正す。明日香のゴージャスで美しい佇まいは圧倒的で、最早原《はら》幕《まく》の女王《クイーン》と言ってしまっても過言ではない。

「それに田村さんも。今から帰り？」

「そ、そうだけど……」

明日香は先ほどまで杏奈が座っていた場所に優雅に腰を下ろす。するとふわ、と甘く柔らかな香りが智子を包んだ。フェロモンは無臭の筈《はず》だし、同性には効果がないという話もあるが、明日香に限れば違う気がする。

この匂いを嗅《か》いだだけで、なんか逆らえなくなるんだよな……。

「ところで……ラブホテルがどうかしたの？」

智子は飛び上がりそうになる。

なんという地獄耳……それとも加藤さんはエロい言葉だけ聞こえる耳を持ってんのか？

ここで包み隠さず事情を説明するのは簡単だが、ゆりの性格的にはこういう不名誉な話を明日香に知られたくない筈だ。

よし、なるべく話さないように努力してみるか。

「うん、ラブホ女子会が流行ってるって話をしてて……あの人なら知ってるかなって」

咄嗟《とっさ》に出た嘘にしては上等だ。ゆりさえ余計な口を挟まなければバレないだろう。

「あら、黒木さんはそういうのに興味あるの？」

「いや、最近観た『電気の子』って映画で見たラブホが、思ってたよりも綺麗で快適そうな場所でさ……私みたいな喪女はラブホって全然縁がないから。ちょっとだけ興味がね……」

まあ、『電気の子』でラブホに興味を持ったのは事実だから嘘ではない。だが智子の言葉を聞いた明日香の瞳孔《どうこう》がきゅっと縮まる。その刹那《せつな》、智子にかかる重力が増し、より息苦しくなる。

ネフェルピトーの念《ねん》ってこんな感じなのかな……。

しかし重苦しいオーラはすぐに消え、明日香は相好を崩す。

「じゃあ夏休み、勉強の息抜きに行く？」

加藤さんとラブホ女子会？　風呂覗き、備品の淫具見せつけ、ＡＶ観賞、ベッドで同衾《どうきん》……セクハラし放題じゃないか！　考えただけで勃起しそうだ。私、女だけど。

だが智子はすぐに思い直す。

加藤さんと仲良くしたいのはやまやまだけど、こうやって調子に乗って距離を縮めすぎると、いつか取り返しの付かないことになる……ここはオリを選択しよう。

「ほ、ほら。ラブホテルって高校生じゃ入れてくれないし……」

「そうなの？」

明日香は唇に指を当てて何事かを考えこむ。

「そう……そうね。じゃあ大学入ったら一緒に行きましょ？」

「う、うん……」

どうにか誤魔化せた……いや、待て。なんか流れでとんでもない約束しちゃった気がするけど大丈夫か？

「黒木さんはもう帰るの？」

「あ、いや、今日はちょっとゆりや吉田さんたちと約束があって……」

明日香は隣のゆりに一瞬視線を送って、小さく肯く。

「そう……じゃあ、黒木さん。また明日ね」

明日香を見送って、智子は深く安堵する。気がつけば重苦しさは消え、呼吸も自由になった。

私が男だったら加藤さんと会話できるだけで嬉しい筈なんだけど、あの人、射精管理してきそうな怖さがあるんだよな……あの怖さはピトーっていうかイルミだな。

そんなどうでもいいことを思っていると、ずっと黙っていたゆりが突然口を開いた。

「……智子は加藤さんとラブホテルに行ってみたいの？」

「あ、いや……」

そう答えかけたタイミングで、茉咲から『駅に着いた』とＬＩＮＥが入った。智子たちはお互いそれ以上何か言うわけでもなく、幕張本郷を目指すべくまずは北東に向けて歩き始めた。


15分後、国道14号線脇の歩道を智子とゆりは黙々と歩いていた。昼下がりの直射日光に炙られるわ排気ガスに燻《いぶ》されるわで、決して愉快な道のりではない。

千葉の大動脈たる国道14号線の両側にはいわゆるロードサイド型の大型店舗群が広がっている。原幕からはいくらか歩くことになるのがネックだが、そこを我慢しさえすれば豊かな放課後を送ることができる。実際ドンキオオテや月《つき》ノ珈琲《コーヒー》店、アクレシオなど、智子もたまにお世話になっている。

ただ、大概の用事は原幕近くのイオンやヨーカードーで事足りてしまう。よほど行きたい店があるか、同級生や教師の目を逃れたい時にしかこんなところまで来ないだろう。そういう意味では智子も決して詳しい場所ではない。

「ゆりちゃん、暑くない？」

「別に」

辛《つら》さは顔には全然出てないが、智子はゆりの首筋に玉のような汗が浮かんでいるのを見逃さなかった。

まあ、歩くのが辛そうだったら適当に休憩するか。

そう思いながら、智子は黙って歩き続ける。

しかしまあ、無理して話さなくてもいいってのは楽だな……。

一年や二年の頃に比べると、圧倒的に誰かと一緒にいる時間が増えた。昔のように孤独に悶《もだ》えることもなくなったが、その反面それなりには疲れることがあるのも事実だ。

ネモの前だと何か面白いこと言ってやろうって思っちゃうし、ヤンキーたちの前だとまだちょっとキョドってしまう。そして加藤さんの前だと地雷を踏まないように緊張し通しだ。

……ああ、解った。社交性ってハンタの念みたいだな。みんないつも念を纏《まと》っている。念を習得できなかった私みたいなのが深いダメージを負って弾かれ、必然的にぼっちにな

ったってわけだ。

智子は隣を歩くゆりをちらと見る。

ただ、ゆりとだけはこうやって沈黙を共有できるんだよな。お互い絶状態《ゼツ》でも一緒に過ごせるっていうか……いや、それって何気に凄いことじゃね？

「智子、電話」

ゆりにそう言われて、智子は自分のスマートフォンが振動していることに気がつく。確認すると茉咲からＬＩＮＥ通話がかかってきていた。

『おう、お前か』

「吉田さん、どうしたの？」

『もうちょっとで着きそうなんだけどよ、田中が気分悪そうにしててな。このまま送って行ってやろうと思うけど、いいか？』

やはりあちらのルートの方が早かったようだ。こちらはあと10分か15分はかかるだろう。

「それはわかったけど、結局どのくらいかかったの？」

『ん、30分か……35分だな』

そんな曖昧《あいまい》じゃ実験の意味ないだろ！

いや、それでも一応はゆりのアリバイは成立した。35分かけてもまだ到着しないということは、4時半に海浜幕張駅のホームで別れたゆりが5時に幕張本郷のラブホ街に現れるのは不可能だろう。走れば多少は短縮されるにせよ、7月の幕張を走るのは自殺行為に近い。

『じゃあ、切るぞ。また明日な』

智子はスマートフォンをしまうと、ゆりが待ちわびた様子で話しかけてきた。

「今の吉田さんでしょ。何か言ってた？」

智子は茉咲から聞いた話をかいつまんでゆりに説明していった。

「そう、真子が……智子は大丈夫なの？」

「熱中症で倒れるかと思ったけど、案外何とかなるもんだね。ほら」

遥か向こう側に月ノ珈琲が見えてきた。あそこを越えたらもう目指すラブホテル街はすぐそこだ。


智子にとって幕張本郷は近くて遠い異国の地だった。歩いても行けるけど、そもそも無理して来る理由がない……それこそずっと一緒に授業を受けているのに、まったく話しかけることのないクラスメイトぐらい知らない土地だ。

そういや去年もゆりと同じクラスだったのに、クラス替えから半年近く存在を認識してなかったんだよな。それが一年足らずでこんな仲良くなるとは。

幕張本郷のラブホテル街は表通りから入れるホテルは一軒だけで、あとは脇道や裏路地を通らないと入れないようになっていた。利用者たちに配慮した結果なのだろうが、表通りから眺めてもよく解らない。

折角ここまで来たんだし、眺めてから帰るか。何せ私はラブホを覗いたこともあるんだ。今更前を通るぐらいどうってことない。

「ゆりちゃん、ちょっとぐるっと回ってみない？」

「いいけど」

そんな智子の提案にゆりはすぐに同意した。智子と違ってゆりは自分から進んでバカなことはしないが、智子が誘うと素直に乗ってくるところがある。

智子はちょっとした物見遊山《ものみゆさん》のつもりで裏路地に入った。だが真っ昼間ということもあって、人通りはほとんどない。お陰で誰に気兼ねすることなく、ラブホテルを眺めることができた。

色んなラブホテルを眺めていると、『電気の子』のあるシーンがフラッシュバックした。大人から追われている主人公とヒロインがラブホテルに逃げ込み、つかの間の平穏を得るというくだりがあったのだ。別にセックスをするわけでもないのだが、未成年がラブホテルではしゃいでいるという画面が妙に背徳的だった。

満海監督、メジャーになってもやっぱり性欲異常者だな。

「ゆりちゃんはどのホテルが気に入った？」

「……どうでもいい」

どれもこれもお洒落《しゃれ》そうなラブホテルばかりだったが、生憎《あいにく》いずれもフロントが一階にあるところばかりで入れそうになかった。ある一軒を除いては。

「ほら、あれが有名なＵＦＯみたいな形のラブホだよ」

そのラブホテルの入り口には扉がなく、代わりに『WELCOME』と書かれた大きなゲートがあるだけだった。ゲートの脇には『ショート90分　３０００円』という看板が立っている。おそらくこれが杏奈の言っていた受付のないラブホテルだろう。

その時、智子はちょっとしたことを閃いた。

「ねえ、ゆりちゃん。ちょっと試してみない？」

「……何を？」

ゆりは一拍遅れてそう返す。智子の意図が理解できなかったらしい。

「このまま入れるかどうか試してみようって話。杏奈さんが言ってた通りに、ここに入れなかったら、どこにも入れないわけで……入れるホテルがないなら、この辺をうろついていたところで何にも問題ないでしょ？」

ゆりに聞かせていると、自分の閃きが最高のアイデアのように思えてくる。

まあ、女同士だから不純異性交遊には当たらないし、何をするでもないから学校にバレても怒られやしないとは思うが。

まあ、検証にかこつけて『電気の子』ごっこがしてみたいというのが本音なのだが。

「ほら、とりあえず行ってみよ」

返事はなかったが智子が歩き始めると、ゆりがゆっくりとついてくる気配があった。やっぱりこういう感じで誘うと素直なんだよな。

そのラブホテルは入ると、中に大きな駐車場が広がっていた。智子たちが歩いてきた国道14号線やすぐ近くの幕張インターチェンジから出てきた車がここに入るのだろう。各駐車スペースの脇には階段があり、部屋番号が書かれたドアに続いていた。別に入室に車が必須というわけでもなさそうだし、空室の表示が出ている適当な部屋に入っちゃえばいいか。

智子は意を決して階段を上り、ドアノブに手をかける。するとドアは抵抗なく開いた。

「お邪魔します………」

ドアの向こうにはまず闇があった。そして外国製の柔軟剤のような強い芳香が智子の嗅覚に襲いかかってくる。深く吸い込むと、微かに煙草の匂いやなんとも言えない淫猥《いんわい》な匂いも混ざっている気がした。

智子は慎重に壁を撫で、ようやく探り当てたスイッチをゆっくりと押し込む。明かりが点いてまず目に入ったのは、ガラス張りになった風呂場だった。使用者のプライバシーもへったくれもない設計に思わず声が漏れる。

「うわ……」

そうか、あれは女を先に入らせて眺め回すためか。

その正解に辿り着いた瞬間、智子はこんな事を口走っていた。

「へへ、汗掻いたでしょ。ゆりちゃん、シャワー浴びて来なよ」

返事の代わりに、脇腹にゆりの肘鉄《ひじてつ》が突き刺さった。半ばそうなることは解っていたが、言わずにはいられなかったのだが。

「いてて……」

智子は脇腹をさすりつつ、入り口にある電話でフロントにかけた。『ご利用の方は入室後、フロントにおかけ下さい』と壁に貼ってあったからだ。

「し、ショート90分でお願いします」

『了解しました。また御退室のタイミングでこちらまでおかけ下さい』

フロントの人間はそれだけ言うと電話を切ってしまった。

あっさり通った……これでラブホに入るという実績を解除できた。

受話器を置いて、智子は寝室のドアを開ける。中には大型の円形ベッドとソファがあったが、特筆すべきはそうした備品ではなく内装、なんと床以外がほぼ全て鏡張りになっていた。

これは流石にちょっと引くわ……。

『電気の子』に出てきたラブホテルはカラオケボックスやレジャー施設のような描かれ方をしていたが、このホテルの内装からは隠しきれない性の匂いを感じる。これから愛を交わすわけでもないのに智子の鼓動は高まった。

「よっこらセックス、っと」

智子はとりあえずベッドに腰を下ろす。ゆりも何も言わず隣に座った。

しかしまあスケベな施設だ。ウブな岡田《おかだ》茜《あかね》だったら卒倒しているだろう。とはいえ、ここぞとばかりに備品の卑猥な道具をゆりに見せびらかしたら肘鉄アゲインだ。

いや、漫画喫茶で一緒にエロ動画観た時は何も言わなかったか。ゆり……一体、どこまでいけるんだ？

しばしの逡巡《しゅんじゅん》の後、智子はある道具を摑んで、ゆりに尋ねる。

「ゆりちゃん、受験勉強で身体凝《こ》ってない？」

「別に……それ何？」

ゆりは少し眉を顰める。

「ただの電動マッサージ機だよ。ウチにあるやつと同じタイプだね」

用途はともかく、言葉に偽りはない。

「私、上手いんだよ」

「……じゃあ、お願い」

「ベッドに俯《うつぶ》せになって」

智子が促すと、ゆりは円形ベッドにゆっくりと倒れ込む。するとゆりの白く柔らかそうな裏腿《うらもも》やふくらはぎがムーディーな照明を浴びて妖しく輝いた。日頃よく見慣れているパーツなのに、どういうわけか思わず指でなぞりたくなるぐらい魅惑的だった。

「……ちょっと跨《また》がるよ」

蹴りの一つも覚悟してのお伺いだったが、ゆりは特に抵抗することもなく、智子を跨がらせる。

なんか寝バックみたいな体勢でエロいんだが……。

なんとも後ろめたい思いを抱えつつ、智子はゆりに電マでマッサージをしていく。

「どう、ゆりちゃん？」

「気持ちいい気がする」

なんだよ、気持ちいい気がするって！

とはいえ、ゆりに構えた気配はない。智子がさりげなく正面の鏡を確認すると、ゆりは目を閉じていた。なんとなくだが、気持ちよさそうな表情に見える。

ああ、この鏡って普通じゃ絶対に見えないアングルを楽しむために張ってあるのか。考えた奴、超変態だな……。

だが当の智子にも考案者の魂が乗り移ったかのような邪念が湧き上がってきた。

ゆりは油断してるし、このまま変なところに電マ当てたらどうだろう。今なら確実に成功するんだが……。

だが、智子はそんな恐ろしいアイデアをすぐに打ち消す。

いや、絶対に怒るな。マウントポジション取られてお返しされるまである。やめとこ。多分、漏らすし……。

ゆりへのマッサージは肩、背中、腰だけと決めた智子は丹念に電マを当てていたが、またむくむくと邪念が湧き上がってきた。

このシチュエーションで変なことをしたとして、ネモなら押し切れそうだな。あとで滅茶苦茶怒るだろうけど許してくれそうな気がする。ゆうちゃんならもっとチョロそう。加藤さんは……怒らないだろうけど、その後取り返しがつかないことになりそう。

明日香のことを考えたら急に賢者タイムが来て、智子は電マの電源を切る。

「終わったよ。ゆりちゃん」

「うん……」

ゆりは小さく唸《うな》ると、ごろりと仰向けになる。制服のシャツがまくれてへそが覗いていたが、ゆりは裾を直すどころか更に片膝を立てて、天井を眺めていた。

こいつ、私しかいないからってリラックスしすぎだろ。

そんなゆりを見ていて、智子もつられるように仰向けになる。折角安くない金を出す覚悟までして入ったラブホテルなんだからベッドを楽しまないと損だ。

「ねえ、智子」

天井の鏡に映ったゆりと目が合った。

「なに、ゆりちゃん？」

「修学旅行の夜に先生が言ってたんだけど……智子は私や吉田さんと仲良くなりたくて班を組んでくれたんだよね？」

え、そんなわけ……。

ついそう言いそうになって慌てて抑えた。

「あ、うん」

あれは荻野が勝手に言ったことで、智子の本心でもなんでもない。だがゆりの中ではそういうことになっているのだ。否定すればゆりを落胆させるかもしれない。

「でも智子は私をどうやって見つけたの？　接点なんて全然なかったのに」

智子は焦る。接点どころか、意識にすら引っかかっていなかったからだ。

ネモや加藤さん、あと絵文字や凸《デコ》ぐらいはなんとなく意識してたけど、ゆりはなんか無から湧いたように現れたんだよな……。

「智子？」

ゆりが怪訝《けげん》そうな顔で尋ねる。いくら智子でもここでゆりの期待を裏切るような答えを口にするべきではないことぐらいは解る。

……いや、ゆりについて強く憶えていることが一つだけあったな。

「修学旅行の班決めの頃の話なんだけどさ……」

まだ言葉を交わす前、田村ゆりというクラスメイトの存在を強く意識したあの瞬間のことを智子は思い出す。

「階段で、真子さんと揉めてるゆりちゃんを見つけたんだ」

「見てたの」

「あの時のゆりちゃんさ、泣いてなかった？」

少なくとも智子の目にはゆりが泣いているように見えた。

「……泣いてない」

そう言ってゆりは智子に背中を向ける。智子は壁の鏡でゆりの表情を確認しようと思ったが、角度が悪くて見られない。

あ、切っちゃいけないカードだったのかもしれない……なんとかフォローしないと。

「だよね。人前で泣く感じじゃないし」

「……泣いてないけど、泣いてるように見えたかも」

ゆりは背中を向けたまま、そう答えた。

「私、あの頃は友達が真子ぐらいしかいなくて。何も言わなくても真子は私のことを選んでくれると思ってたから……」

実際、修学旅行中は真子と仲直りするまではずっと眉をつり上げて怒っていた気がした。ただ、今思うとゆりが常時そんな顔をしているわけないのだが。

「……智子が見つけてくれなかったら、普通に真子と同じ千葉西《ちばにし》受けてたと思う。それで真子に新しい友達や彼氏ができる度に、また同じことしてた」

「見つけてくれなかったらって大袈裟な……」

ゆりなりに感謝を伝えてくれてるんだろうけど、なんか照れるな……。

「でも今は真子が誰と一緒にいても大丈夫」

「じゃあ、ゆりちゃん。私に彼氏ができても大丈夫？」

ゆりはこちらに顔を向けたが、ただ微笑むだけで何も言わなかった。

以前はゆりの感情が曖昧で解りづらいと思ったものだが、今となっては何も言わなくても不思議と解る。決してバカにしているわけではなさそうだ。

でも……本当は私が見つけて貰ったような気分なんだけどな。

いつの間にか退室時間になっていた。

90分で3000円……決して安い出費ではないが、一人頭で割ると映画観に行ったのとそう変わらんな。

「吉田さんと真子、ちゃんと帰れたかな」

ゆりが身体を起こしながらそんなことを口にする。

ガチレズさん……そういえば最近やけに吉田さんと親密な気がするんだけど、気のせいか？

「あの二人もどこかでご休憩してたりしないかな？」

「そんなわけないでしょ」

「そう言うゆりちゃんだってあっさりついてきたじゃん」

ゆりは黙ってしまった。別に論破したかったわけではないのだが。

智子も身体を起こす。そして寝室から出ると、入り口の電話からフロントに電話する。

「あの、もう出ます」

『解りました。ではお支払いはエアシューターでお願いします』

エアシューター？　なんだそりゃ？

智子がそんなことを思う間もなく、すぐ近くでゴトンという音がした。見れば壁に埋まった小さな透明な扉の向こうのスペースの中にカプセルが転がっていた。この設備がエアシューターなのだろう。

「何の音？」

音にひかれて、ゆりも寝室から出てきた。

「これが落ちてきたんだよ」

扉を開け、カプセルを取り出す。カプセルを開けると「室料　３０００円」という紙が出てきた。

はて、向こうがこのカプセルを送ってきたのは解るんだが、どうやって払うんだ？

そう思いかけて、智子は今が格好のチャンスであることに気がつく。

智子はさりげなく財布を取り出すと、ゆりにこう確認する。

「ゆりちゃん、割り勘でいいよね？」

「別にいいけど」

「じゃあ、これで払っておいて」

智子は千円札と５００円玉をゆりに渡すと、そのままトイレの方に駆け出す。

「智子？」

「ちょっとトイレ」

ゆりの返事を待たず、トイレに入る。勿論、本当にトイレに行きたかったわけではない。

……よし、30秒経った。

智子はなるべく音を立てないようにトイレのドアを開け、ゆりに見つからないよう、そっと物陰から彼女の様子を窺う。

ゆりはカプセルと現金を見比べながら、どうしていいのか解らずに戸惑っていた。

さっき見て回った限り、この辺りで制服で入れるラブホなんてここぐらいだ。だけどここみたいにフロントがないホテルだと、精算のやり方も少々特殊になってくる。ゆりが戸惑っているということはやり方が解らないせいだと見てよさそうだ。つまり、ゆりはシロだ。

智子はそっとトイレに戻ると水を流し、さも用を足したかのように装ってゆりの前に戻る。

「ゆりちゃん、払えた？」

「払い方が解らなくて」

「……多分、こうするんじゃないかな」

智子はカプセルに現金を入れる。そしてカプセルをエアシューターの中に戻し、壁にあるスイッチを押した。するとカプセルはシュポンと吸い込まれた。

「ふーん……そうするんだ」

ゆりは無表情にカプセルが吸い込まれた後のエアシューターを眺めていた。

まあ、ゆりがこういうところ来てるわけないもんな。

勿論、ゆりがすっとぼけている可能性だってある。それでも智子の中での疑いは晴れていた。

ラブホテルを出ると日はもうすっかり傾いていた。日差しこそマシになっていたが、湿度はむしろ上がっており、快適な気候とは言いがたい。

こんなことならシャワーぐらい浴びとくんだったな……。

ラブホテル街を抜けた後、智子は帰りを想定していなかったことに気がついた。

ここから北に5分ほど歩けば幕張本郷駅だが、総武線に乗るかどうかは微妙なところだ。帰れることは帰れるが定期の範囲外だし、そちらだと総武線の最寄り駅で降りても普段のルートよりは遠回りになる。

だからと言ってこれから35分なり40分かけて海浜幕張駅まで歩くのもな……まあ、ゆりは黙ってついてきてくれるだろうけど。

智子は迷いつつ、何となく海浜幕張駅目指して歩き始めた。だがしばらくして、ゆりが智子の肩をつついて背後を指差した。

「智子、あれ」

ゆりにそう言われて振り向くと、幕張本郷駅の方向から『海浜幕張駅行き』というバスが来るのが見えた。

悪くないな。バス代はかかるけど、これなら定期の使える海浜幕張駅まで楽に辿り着ける。少なくとも総武線に乗るよりはマシだ。

「ゆりちゃん、乗る？」
ゆりは黙って肯いた。

バスは空《す》いていたが、智子とゆりは二人がけのシートに並んで座った。

まあ、二年以上も幕張に通うと愛着って湧くもんだな。もっともまだここで辛いぼっち生活を送った期間の方が長い筈なんだが……。

智子は右手に流れる幕張新都心のビル群を眺めながらそんなことを思う。智子が生まれるよりもずっと前、千葉の偉い人たちが手に手を取りあって幕張の地にもう一つの東京を作ろうとしたらしい。だが思ったほどには真っ直ぐに発展せず、結局ビル街と郊外のキメラができあがった。だから地元の人間以外は14号線沿いの風景と新都心のビル街が同じ街と思わない。

きっと幕張本郷もバキバキのビル街になる筈だったんだろうな。でも別に今が悪いとは思わないけど……そう、赤木《あかぎ》しげるだって「ままならなさ」を愛していたじゃないか。私だって高校でモテる筈だったけど、今はそれなりに幸せだし。

智子は何故か唐突に『カイジ』の話がしたくなり、漫画アプリのスタミナを消費中のゆりに話しかけた。

「そういえば『カイジ』の鉄骨渡りの舞台ってさ、明らかに幕張なんだよね。なんかバブル崩壊でとんでもないゴーストタウンになってたみたいな描かれ方だったけど」

「そうなんだ」

「中に出てきたスターサイドホテルって今のアパホテルじゃないかって思ってて」

「あの大きいホテルね」

「そう。でも鉄骨を渡してることを考えると、ワールドビジネスガーデンもモデルなのかも。双子のビルだし」

ゆりはそもそも『カイジ』を知らなそうだが、それでも煩《うるさ》がることなく話を聞いてくれる。

やっぱりゆりぐらい淡泊《たんぱく》な方が話しやすいな。ゆうちゃんもよく私のしょうもない話を聞いてくれてたけど、あれは気を遣ってくれてたのが解るからな……。

「次は終点、海浜幕張駅です」

もう着くのか……ホテル傍のバス停から10分ちょいか。

その時、智子に電流が走った。

「あのさ、ゆりちゃん……完全に頭から抜けてたんだけど」

「何？」

「バス乗ったら、アリバイ崩れるよね？」

智子の根本的な指摘にも動じることなく、ゆりはこう答えた。

「……知ってたけど」

言えよ！　っていうかあのバカヤンキー、無駄足踏ませやがって。いや、この分だとガチレズさんも解ってて提案に乗ったな。

「ああ、高三の貴重な時間を浪費したな……おまけにバス代とラブホ代も使ったし」

まあ、でもラブホに行くっていう貴重な体験はできたか。相手はゆりだけど……。

今だって男には興味もあるし、できればセックスも経験してみたいとは思っているけど、最早かつてほどの執着はない。リア充も決して楽しいばかりではないと解ってきたのもあるが、何よりスクールカースト上位の明日香をはじめ陽菜や茜に彼氏の気配がないのも大きい。自分で自分を認めることができる人間は別に無理して恋人なんか作らなくても充実した日々を送れる、というわけだ。

そして……その逆があの頃の私だ。あんなにもモテを切望していたのは自己肯定感の底が抜けていたからだ。誰からも褒められないからすぐにイキり、ちょっと優しくされればあっさり好きになる……思い返すとあまりにも痛々しい。

でも裏を返せば、今の私はそれなりに満たされているってことかもな。そしてゆりも……。

翌日。智子が登校すると、またも荻野から呼び止められた。

「黒木、ちょっといい?」

今日の荻野は小脇にスケッチブックを抱えている。智子はそれにどこかで見覚えがあったが、咄嗟には思い出せなかった。

「なんですか、先生?」

荻野は智子を手招きして、人通りが比較的少ない場所まで移動させる。そしてスケッチブックをパラパラと捲ってみせた。一枚一枚はっきりと見えたわけではないが、描かれていたのはいずれも馴染みのある幕張の風景のようだった。

「これなんだけど……」

そう言って荻野は智子に一枚のページを開いてみせる。そこに描かれていたのは、見返って微笑んでいる一人の少女の絵だった。それ自体は何の問題もない。だが背景の場所と少女の格好が問題なのだ。

「この背景、幕張本郷のラブホテルによく似てるのよね。それに……」

そしてそこに描かれている少女はヘアスタイル、背格好、佇まいから判断するに、田村ゆり本人としか思えなかった。

ただ唯一引っかかるのは、これまでゆりが見せたことのない笑顔を浮かべていたことだ。その笑みは愛おしい恋人に向けるもののようにも、これから来る淫靡な時間を楽しみにしているようにも見える。

そんなスケッチを見せつつ、荻野は問う。

「黒木。友達として見て、これは田村だと思う？」

ゆりではない。だけど、ゆりかもしれない……。

「似ている……とは思います」

智子は慎重に言葉を選ぶ。ゆりを弁護するにしても、濡れ衣がかからない言い方というものがある。

「でもゆりのこんな表情、見たことがありません」

「……そうよね。私も、知っている田村のイメージとは違うわ」

荻野もどこか安心した表情だ。彼女もできれば教え子を疑いたくないのだろう。

「ところでこのスケッチブックは？」

「ついさっき校内で忘れ物として届けられたものよ。持ち主の名前が書かれてなかったから、中身を見ていたら偶然こんなスケッチが見つかってね。一昨日の件と無関係とは思えなくて……」

ただ、その問題は智子の中では決着がついていた。ゆりがラブホテルに行くような少女ではないことは昨日の一件で確信できた。

「私もこんな時期に田村に余計な負担をかけたくないのよ。停学どころか最悪、退学もあり得るから」

荻野のその言葉に、智子は頭を殴られたような衝撃を受けた。

「もしかしてラブホテル行くの、バイク通学よりマズいんですか？」

智子は何気なく尋ねたつもりだったが、荻野は血相を変えた。

「当たり前でしょう！　そもそも高校生が行くような場所じゃないんだから。はっきり言って大問題よ」

まずい……見誤った。悪ふざけで済まされる一線を越えてしまった。

今の荻野の剣幕から判断するに、「女同士だから無罪」と言い張ることすら厳しそうだ。

「で、でもスケッチだけじゃ、そこに描かれているのがゆりだって判断できませんよね？」

荻野は小さくため息を吐きながらスケッチブックを閉じる。

「勿論、これだけで田村をどうこうするつもりはないわ。ただ、このスケッチが描かれたのが一昨日だったのなら、あれは私の錯覚じゃなかったことになるのよね……」

受け持っている生徒のことは守りたいが、証拠が揃ってしまえば立場上見過ごせないというわけだ。

「……何か解ったら連絡します」

それだけ言い伝えて、智子は荻野と別れた。

その日の数学の時間、教室の雰囲気は完全に弛緩していた。期末試験直後なのもそうだが、私大志望者にとって理数系は捨て教科だ。教師の方もそれが解っているから、淡々と流すように授業を進めている。

ゆりは誰かとラブホに行ってないと思う。だけど、あのスケッチには偽物と断言できない妙な生々しさがあったんだよな……。

智子は教師が板書していることを確かめて、後方の席に座っているゆりをそっと盗み見る。

幸いにしてゆりは教科書をつまらなそうに眺めており、こちらには気がついていないようだった。

やはりゆりにあんな淫蕩な一面があるとは思えない。だがその一方で荻野のゆりへの疑いが完全に晴れたわけではないのも事実だ。

智子は前の席の和田《わだ》の背を盾にしつつ、取り出したスマートフォンでGoogleストリートビューを開き、幕張本郷のラブホテル街を調べる。またあそこまで足を運ぶ気にはならないが、何かヒントが得られるかもしれないと思ってのことだ。

だが智子がGoogleストリートビューで幕張本郷を歩いていると、ほどなくして一人の原幕生らしき女子を発見した。

これは……ゆり？

このGoogleストリートビューは現実の写真をベースにして作られており、その過程で撮影されてしまった通行人の顔にはプライバシー保護のためぼかしが入るようになっている。しかし顔にぼかしが入っていても、二つ結びのヘアスタイルははっきりと解る。制服は原幕のものだし、背格好もゆりに似ている。

智子がドキドキしながらその撮影日を確認すると、今月の……ちょうど期末テスト期間中のある日の12時だった。

12時か……試験が終わって、すぐに向かえば間に合うか。これ単体じゃ、証拠としては弱いか。

ただ、もしもここに写っている少女がゆりではないということを荻野に示せたら、どうにかなるかもしれない。

智子はスマートフォンをそっとしまうと、期末試験の時よりも真剣に頭を使い始めた。

授業の後、小宮山琴美《こみやまことみ》が教室を出て行くのを見て、智子は琴美の後を追った。

トイレに行くなら、私の質問に答えてからにしろよ……。

幸い、琴美には廊下ですぐに追いつけた。智子が声をかけようとすると、琴美は同じクラスの伊藤光《いとうひかり》に話しかけているところだった。

「伊藤さん、ウチのクラスに（●▷●）《ネガケロくん》みたいな子いるよね？　あの子、野球好きだったりするかな?」

「……もしかして二木《ふたき》さんのこと?」

「ああ、そんな名前だったね……交流戦も終わったし、今ならカープファンでも喧嘩《けんか》することもないだろうから。学校でも野球の話がしたくてね」

こいつ、相変わらず野球の話ばっかりだな。伊藤さんはどう考えても野球に興味ないんだからもうちょっと気を遣えよ。

「今時なんJ《じぇい》なんて見てんの、おっさんだけだぞ」

智子の指摘に琴美が盛大に舌打ちをする。

「何の用だよ?」

琴美とはどれだけ本音をぶつけ合っても仲が壊れないぐらいの関係だ。まあ、最初から壊れているのも大きいが……。

「この辺りで女の幽霊が出る噂《うわさ》を探してるんだけど、そういう本がウチの図書室にないかと思って」

結局名案は浮かばず、ひとまず「幕張本郷に二つ結びの少女の幽霊が出る」という噂をでっち上げることにした。ただ、ゼロからでっち上げるのは非効率的なので、そういう怪談があるかどうかを琴美に確認したかったのだ。

「私はお前用の司書じゃないんだがな……」

そうは言いつつも琴美は腕組みして考え込み始めた。

「……でも、そういうオカルトは幕張だと厳しいかもな」

「なんだよ、『幕張だと』って」

専門家みたいにもったいぶりやがって。お前の専門はロッテと男性器《ちんちん》だろうが！

「……ウチの学校さ、七不思議みたいなのないだろ？」

「いや、全然知らないけど……」

まあ、知らないということはそもそもないという話かもしれないけど。

「この辺りはな、そういうのが生まれにくい土地なんだよ」

「はあ？」

「有名なオカルトにレコーディング理論ってのがあってな。殺人事件とか心中みたいな悲劇があると、人間の強い感情が信号としてその場に深く刻まれる。その刻まれた感情が何かの拍子に再生されるのが幽霊なんだと」

相変わらず気持ち悪いやつだ。知ってても何の役にも立たなそうなことばっかり知ってやがって……。

「で？　それが幕張に怪談が生まれない理由の説明にはなってないだろ」

「話は最後まで聞け。例えば、さっきまで海だったところに土を何十トンも放り込んで埋め立てたとして、それは土地と言えるか？」

「言えないんじゃないかな。何かあったらすぐに消えそうだし」

うろ覚えの知識だが、埋め立ててすぐの場所は大きな地震が起きたら液状化現象とかで水と土に分離してしまうそうだ。

「そうだ。埋め立て地が土地として認められるには地盤だけじゃなく、人や歴史が定着してこそなんじゃないかなって。で私が思うに、海を埋めて50年ぐらいではレコーディング可能な土地にはならないんじゃないかって」

幕張新都心のビル群も真夜中は無人のゴーストタウンのようになるとは言われているが、確かに本物の幽霊が目撃されたとかそんな話はない。

こいつにしてはまともなロジックだな。

「そもそも強い感情がレコーディングされるのなら、私たちロッテファンの無念がまず真っ先に染みついてる筈だろ！」

やっぱりイカレメガネだったわ。

「……じゃあ、幕張本郷にも幽霊は出ないのか？」

「いや、幕張本郷はまた別だよ。国道14号線は江戸時代からある千葉街道がベースらしいから、14号線の陸側の本郷も昔からあるってことになる。歴史的に考えるとレコーディングは可能な地帯だと思う」

うーん……荻野が目撃したゆりらしき生徒をどうにか幕張本郷の地縛霊ということにし

てしまいたいところだが、流石にそれは無理があるか。何かもう一捻りしないと駄目そうだな。

「で、なんでそんなこと知りたいんだ？　ラノベでも書くのか？」

流石にここまで根掘り葉掘り聞かれると琴美も気になったようだ。まあ、馬鹿正直に教えてやる義理はないが、拒否すればこれ以上教えてくれないだろう。

待てよ……ちょっと思いついたぞ。一昨日目撃された偽ゆりもまとめて一人の幽霊にしてしまうというのはどうだろう。幕張のあちこちに現れる二つ結びの少女の幽霊……これでいこう。

「違《ちげ》えよ。実は一昨日の放課後、幕張本郷のラブホ街と14号線沿いドンキと駅前のアウトレットパークでゆりの姿が目撃されたんだ。でもそのタイミングだとゆりは私と一緒に帰ってたし、そんなところ寄ってない筈なんだ」

「ああ、それでオカルトでも納得できる説明が欲しかったのか」

「アウトレットパークは歴史の浅い埋め立て地だから論外だけど、ドンキならギリギリかな……うーん、不思議な現象だけどそれを全部幽霊で説明するのは筋が悪い」

なんだよ、使えねえな……それぐらい役に立ってもいいだろう。

「黒木さん、ちょっといい？」

突然、ずっと黙って話を聞いていた光が声をかけてきた。

「な、何？」

光とはそこまで親しいわけではないので、こうして話しかけられると緊張する。

「ことと黒木さん、どうしてそんなに仲が良いの？」

「「はぁ⁉」」

智子と琴美の声が綺麗にハモった。

「ほら……」

光が少し寂しそうに指摘すると、琴美が声を荒らげて反論した。

「仲良くないよ。こいつはな、私のこと完全に忘れてたんだよ？」

智子が琴美と再会したのは二年生になってからで、おまけに同じ学校に合格していたことすら知らなかった。当時の智子にとって、それぐらい興味のない相手だった。

今だって智子としてはあまり仲良くしたい相手ではないが、たまに妙にウマが合う瞬間があるのも事実だ。

「ことみたいな子、忘れようにも忘れられないと思うんだけど……」

「ってか、忘れるとかありえないだろ？　宇宙人にさらわれて私の記憶でも消されたのか？」

「忘れてたっていうか……突然『私たち、友達だろ？』って言ってくる他人が出現した感じ」

本当にそれぐらい唐突に現れたのだ。共通の友人である成瀬《なるせ》優《ゆう》がいなかったら中学時代の思い出が蘇《よみがえ》ることもなかっただろう。

「おまっ、ありえない……成瀬さんと三人で散々過ごしただろうが！　もう行こう、伊藤さん」

去って行く琴美と光の背中を見送りながら、智子は思う。

結局のところ、昔の私はほぼ自分にしか興味がなかった……これに尽きる。だから世界の解像度が低くて、興味のないあいつ《琴美》をあっさりと忘れ去ることができた。修学旅行で、同じクラスのゆりと初対面同然だったのもそういうことだ。

そしてそんな生き方のツケがあのつらいぼっち生活だ。他人に興味を持たないと、そもそも人間関係は築けないのだから……。

それにしても……あいつ、私よりも幕張に詳しかったな。きっかけはロッテなのかもしれないけど、ちゃんと幕張という土地に興味を持って調べてた。あいつは相変わらず友達は少ないけど、世界の解像度は高いのかもしれない。

なんだか少し上に行かれたような気がして、智子はまた琴美が嫌いになった。

「その日なら、田村と一緒に帰ったよ」

放課後、智子が欲しかった情報をくれたのは隣のクラスの内笑《うちえ》美莉《みり》だった。

「内さん、それ本当⁉」

「うん。黒木を捜してたら、田村が『黒木はもう帰った』って教えてくれたから、そのまま一緒に駅まで行ったの。それが12時くらいだったと思う。ほら、あいつとは電車も途中まで一緒だから……」

教室を出たらちょうど隣のクラスから笑美莉が出てきたところだったので、何気なくゆりのことを尋ねたらまさかのビンゴだ。

「それ、ウチの担任の前で言ってくれない？」

思わず笑美莉の肩を強く摑んでしまう。

「い、いいよ！」

ストリートビューの画像と絵文字の証言があれば、ストリートビューに写っているゆりらしき生徒がゆりではないことがまず証明される。そしてそのままなし崩し的に荻野が見たのもその生徒ということにしてしまえば一件落着だ。

まあ、この辺が私にできる現実的な解決だろうな。何はともあれ、私の不始末でゆりが停学にならなそうで良かった……。

智子が安堵していると、教室から男子生徒たちの会話が聞こえてきた。

「初芝《はつしば》、ちょっと下の連中に発破《ハッパ》かけてくれねえか？」

「ん？　どうしてだ？」

初芝……智子が心の中で『カイジ』の安藤《あんどう》と呼んでいる男子生徒だ。三年でようやく同じクラスになったが、未だに絵を描くのが趣味ということ以外よく知らない。

あいつ、顔は安藤そっくりなんだけどなんか声だけはキョンみたいで格好いいんだよな……。

そのまま智子は二人の会話に耳を傾ける。

「さっき部室のノート読んだけど、このままだと夏コミやばそうなんだよ」

「ああ……ところで俺のスケッチブック見なかったか？」

「いや、見てねえけど。なくしたのか？」

「解らん。昨日、外でスケッチした後に学校に戻ったから、もしかしたら部室に忘れたのかと思って……」

どうやら初芝はスケッチブックをなくして困っているようだった。だが智子はその行方に心当たりがあった。

荻野が持ってるって教えてやろうかな……まあ、別に教えてやる義理なんてないんだけど。

そこまで思った瞬間、智子に電流再び走る――！

何故、荻野は昨日ではなく今日になってスケッチブックを見せてきたのか……そして何故、智子は昨日のバスで突然『カイジ』の話をしたくなったのか……全て繋がってしまった。

私は幕張本郷のラブホ街でこいつを目撃してたんだ。『カイジ』の安藤に似たこいつを見たからついあんな話を……。

おそらく初芝は視界の端にでも入ったのだろうが、そのことがサブリミナル的に智子の意識に影響を及ぼしたに違いあるまい。そして何より、こちらが初芝を見たということは、向こうもこちらを見ていた可能性がある。

更に智子は絶望的な真実に到達する。初芝は「昨日、外でスケッチした後に学校に戻った」と言っていた。きっと初芝が描いたのはラブホテルに入る直前のゆり本人の姿だ。そしてゆりがラブホテルに入った原因はと言うと……。

犯人は……私だった！

実際はその結論に至るまで一秒もかからなかった。

「あが、ががが……」

これまでもバカなことは散々やってきたけど今回のは特別に罪深い。このやっちまった感……弟の願書を出し忘れた時と同じだ。

昨日ゆりとラブホに行ったのがバレたら良くても停学だ。バイク通学がバレたのとは状況が違うし、何より自分の気まぐれでゆりまで窮地《きゅうち》に追い込んでしまった。

智子の身体は激しく震え始めた。

「黒木、大丈夫？」

とりあえず立ち直らないと……波紋《はもん》の呼吸法は無理でも、システマ式呼吸法なら多少心得がある。そう、佐藤十 兵衛《さとうじゅうべえ》だって空手の息吹で復活したではないか。

「すーはーすーはーすーはー……」

よし、だいぶ落ち着いてきた。

智子にしてみたらただ呼吸を整えていただけなのだが、まるで笑美莉の匂いを吸い込んでいるみたいになってしまった。

案の定、笑美莉は俯いて震えている。

「……黒木、キモい」

キモいは傷つくからやめろ。でも確かに今の私はちょっとキモいな……。

そんなことより初芝の件だ。昨日あったことを荻野が正確に把握しているわけではない以上、まだ慌てるような時間じゃない。ただ初芝がスケッチブックの忘れ物がないか職員室に尋ねに行くか、荻野が初芝の趣味に気がついて声をかけるのは時間の問題だ。そうなれば初芝は昨日幕張本郷付近でゆりを目撃したことを荻野に話してしまうだろう。まるでキョンホ・ジョンリョのターゲットになった気分だ。

神様、この危機を乗り切れるならバカはもう止めにしますから……何卒《なにとぞ》お助け下さい。

即刻手を打たないと取り返しのつかないことになる……いや、ここは「先に気がつけて良かった」と前向きに考えよう。

「黒木、荻野先生にはいつ話したらいい？」

「あ、内さん。それはちょっと待っ……」

智子がそう言いかけたのを何者かが遮《さえぎ》った。

「あら、内。私がどうかしたの？」

振り向くとそこには荻野が立っており、智子は過呼吸を起こしそうになった。

「せ、先生……」

「あっ、荻野先生。黒木が田村のことで何か話があるって……」

おい絵文字やめろ！　いきなり私を処刑台に立たせるな。

「そうなの？」

「え、あ、まあ……でもまた明日、ゆりがいる時でいいです」

そこにゆりがひょっこり姿を現す。

「智子、私がどうかしたの？」

しかし回り込まれてしまった！　絶体絶命のピンチだ。

「田村ならここにいるし、話して」

訴えたいことはもう決まっている。スケッチの中の少女がゆり本人であることは知っていても、断固違うと主張するのだ。

「……例のスケッチなんですけど、あれはやっぱりゆりじゃないと思うんですよ」

「どうしてそう思うの？」

だが、どうしても上手い理由が思い浮かばない。追い詰められて、智子はとんでもないことを口にする。

「ほら……あの、多分、ゆりちゃんは生理だった筈なので」

その瞬間、一帯の空気が凍り付いた。

「あのね……」

荻野は絶句していた。荻野だけでない。ゆりも笑美莉も、近くにいた者はみな智子の発言にドン引きしていた。

「流石に生理の日にラブホテルには行かないと思いますし……ねえ、ゆりちゃん？」

ついゆりに同意を求めてしまったが、返ってきたのは肩への鉄槌《てっつい》だった。

「黒木……別に私は田村を疑ってるわけじゃないんだけど、今の話だけじゃどうにも判断できないわ」

だが、ここで荻野を納得させなければ、初芝への聞き取りで真実がバレてしまう。そんな思いだけが智子の口を動かしていた。

「そ、そうですよね。漫画で読んだんですけど、生理の時の方がいいって男もいるらしいですし、私の話は全然意味がなごふっ！」

自分でも何が言いたいのか解らなくなってきた頃、ゆりの裏拳が智子のみぞおちに深々と突き刺さった。智子は思わずみぞおちを押さえて前屈みになってしまったが、ゆりは構わず背中に二の撃、三の撃と加え続ける。

「ちょっと田村、やめなさい。田村……田村！」


一時間後、智子とゆりは帰るために国際大通りを並んで歩いていた。校門を出てから二人の間に会話はなかったが、やがて歩道橋を降りたあたりで、ゆりがぽつりとこうこぼした。

「智子のせいで大変な目にあった……」

だがその顔は口調ほど不機嫌には見えなかった。

「でも結果オーライだったじゃん」

智子の捨て身は思わぬ形で実を結んだ。騒ぎを聞きつけて集まってきた生徒たちの中に、二つ結びの女子生徒が有意に多かったからだ。

ここだ！

ゆりに殴られながら、智子はここぞとばかりにハッタリをかました。

「ほ、ほら、見て下さい。この髪型、『電気の子』のせいで流行ってるんですよ。あれがゆりちゃんとは限らないですよね？」

本当に『電気の子』の影響かどうかは知らない。たまたまあの髪型にしていただけの女子もいたことだろう。

「ああ、確かにあの映画はずっと宣伝してるわね……」

だけど荻野はその答えに納得したようだった。

「よく勢いで押し切ったね」

「まあ、『電気の子』のブームが原幕生の間で起こっていたのは事実みたいだったし」

そりゃ、あの一般人っぽい連中が観に行こうとするぐらいだもんな。

一昨日、荻野が幕張本郷のラブホテル街でゆりに見える生徒とニアミスしたのも、陽菜や茉咲がそれぞれゆりらしい後ろ姿を見かけたのも、要はあのヒロインのヘアスタイルを真似た生徒が歩いていたというだけの話だろう。

もしかしたらラブホテル街で目撃された偽ゆりも、昨日の智子と同じように『電気の子』の真似をしたかったのかもしれない。

「何にせよ、ゆりちゃんとラブホに入った件は誤魔化せたようだね」

疑わしい対象が無数にいるということが解り、あのスケッチだけでは同定不可能という結論が荻野の中で出たのだろう。智子の目から見て、荻野も心なしか安心しているようだった。

ありがとう、満海監督……あんたが相変わらず気持ち悪い作品作ってたら、こんな展開にはならず、停学になってたかもしれない。メジャー化万歳！　私、大学入ってバイト始めたら円盤買うよ。

二人は黙ったまま、幕張イオンの前を、幕張テクノガーデンの前を、メッセ・アミューズ・モールの前を通り過ぎていく。

これだけの施設があったのに、一年生の時は全然視界に入らなかった。というか、あの頃の私には家と学校とそれ以外しかなかったな。誰にも一人ぼっちだと思われたくなくて、通学路にある施設にはあまり足を運ばなくなった気がする。もう少し勇気を出して寄り道をしていれば、ひょっとしたら誰かと仲良くなれたのかもしれないのに……。

理想の学園生活を送り損ねたことに拗ねて、他のあったかもしれない可能性に背を向け続けた。ゆりたちと交流するようになって世界の解像度が上がっていくまでは……。

「あっ」

そうか、そうだったんだ……。

二年生の頃のゆりが今よりもずっと色んな表情を覗かせていた本当の理由に気がついて、智子は思わず立ち止まってしまった。

「……智子？」

ゆりも足を止めて智子の様子を窺うが、智子はゆりの顔が見られない。

きっとゆりが変わったんじゃない。私が変わったんだ。

もしもリア充なら、陽キャなら、あるいはスクールカーストの上位にさえいれば、こんな灰色の青春を送らずに済んだのに……そんな浅いひがみで、私はあれこれを決めつけてきた。吉田さんは金髪だからヤンキー、加藤さんは派手な美人だから援交してそう……冷静に考えなくても失礼な話だ。こんな奴に友達ができる筈がない。

そして同じように、ゆりの怒りも悲しみも全部私が勝手に決めつけていた……それがかつてのゆりが表情豊かに見えた理由だろう。

私は……今だってゆりの感情を決めつけてやしないだろうか？　そしてゆりの表情をちゃんと読めているのだろうか？

「どうしたの？」

ゆりが心配そうに覗き込む……いや、心配そうに見えることとすらも智子の決めつけかもしれない。

「……なんでもないよ、ゆりちゃん」

「そう？」

今日、自分のバカな行いを心底後悔した。そして目の前の危機を逃れられたなら、バカを止めると誓った……いい機会ではないか。

自信はないし、簡単にこの悪癖が直るとも思えないけど……真面目に生きてみようと思う……決めつけずにいられるか解らないけど、そう生きられるといいな。

「……ねえ、智子。昨日のマッサージ、気持ち良かった」

何か気を遣ってくれたのか、ゆりが突然そんなことを口にする。

「へへ……そう？」

「あれ、どこかで売ってるの？　あるなら私も買おうかと思うんだけど」

そう言うゆりはあまりにも穢《けが》れなく、穏やかな笑顔を浮かべていた。

なんか安心した。ゆりのこの表情……流石に私の勘違いじゃないと思う。きっとゆりは私のことを信頼してくれているんだ。この信頼を大事に守って、この先も……。

「ああ、あれはね……」

もう沢山だ……もうこりごりだ……幾度もそう思った筈なのに……。

もうこんなにバカがしたい！

「ゆりちゃん、あの電マって実はね……」

智子は自分がこの後どうなるか理解しつつ、喋り始めた。


僕、漫研なんですよ。先生は知ってると思いますけど。

僕は人より下手なんで、とにかく毎日描くことを自分に課してました。まあ、描くことは好きなんで苦ではないんですけどね。

受験前？　そりゃ……まあ解ってますよ。学校からしてみれば勉強に集中して欲しい時期でしょう。でも描かないと腕が鈍るんですよ。夏コミだって近いですしね。

……ああ、夏コミってのは僕らにとっての甲子園みたいなもので。まあ、全国大会レベルかどうかはともかく、野球部だってサッカー部だってこの時期に地区予選出てるじゃないですか。

そうなんですよ。夏コミです。漫研の部誌の漫画でどうしても背景がしっくり来なくて、いい背景を探して幕張本郷の方に行ってたんです。

そりゃ、背景なんていくらでも誤魔化せますよ。キャラの顔のアップばかりなら描く必要もないですし。でも漫画ってそんなもんじゃないって思うんです。時には生活感のあるカットを挟むことで、キャラが呼吸しはじめる気がするんです。

それでまあ、よく知ってる幕張本郷をスケッチブックを持って散策してたんです。最初からラブホテルを描くつもりはなかったんですけど……そこで信じられないものを見たものですから。

はい。女の子が女の子に促されてラブホテルに入っていく場面です。先に入って行った子は後ろ姿しか見えませんでしたが、もう一人は割とはっきりと。

その子がクラスメイトだったかどうかですか？　……いや、解りませんし、興味がありません。僕は3次元の女性に興味がないんです。いや、リアル女性に何の希望も抱いてないというべきかもしれません。実際、クラスメイトの顔だってロクに見てませんし。よくない……ですか？　まあ、それはいいじゃないですか。

え、なんでこんなものを描いたのかって？

実は……後から入っていった方の彼女ですが、一瞬だけ後ろを気にするように振り向いたんですよね。まあ、誰かに見られることを警戒してたんでしょうけど……それが僕の目には微笑んでいるように見えたんです。まるで先に入って行った子と一緒にいられるのが嬉しいみたいに。

逆説的かもしれませんが、僕が3次元の女性に希望を持っていないからこそ、現実に女性同士の素敵な関係があることに深く感動してしまったんですね。

そこにあったのは友情か愛情か……彼女たちを結びつける感情に名前を付けるのは野暮《やぼ》ですよ。だから描くことにしました。地上で一瞬でもこんなことがあったという事実を刻みつけたい一心でね。本来は誰にも見せるつもりはなかったんですが……。

彼女たちがどこの誰かは知りませんが……心から尊いと思いました。

ところで先生、そろそろそれを返してくれませんか？　日課のスケッチに行きたいんで……。

いつの話かもう覚えてませんが、多分半年前くらいの話だったと思います。

ツイ4の漫画が終わり、もう星海社と仕事することはないだろうなーと考えていたら、前の漫画の担当の太田さんが幕張まで会いに来てくれたので、とりあえず打ち合わせ的なことをしていました。

ちなみに僕たち（作画と原作）の打ち合わせは、基本そんなに話さないので、どの担当ともだんだん打ち合わせの回数が減っていき、年に数回になります。だから太田さんとの打ち合わせも久しぶりになります。でも打ち合わせって響き自体は漫画家っぽいので好きです。10年近く漫画家やっているのに未だに漫画家っぽいことに憧れます。打ち合わせしないけど打ち合わせが好きです。でも黙っているので打ち合わせ嫌いの漫画家というレッテルを貼られます。

話を戻して、その打ち合わせの中で、太田さんから「星海社でわたモテのアンソロジーやりたいから小説書いて」みたいなことを言ってきて、何言ってんだこの人と思いました。

でもまあ多分スクエニが許可しないと思ったのでOKしました。僕も作画も断れない人間なので、スクエニが断るだろうと。スクエニは一枚岩ではないので。

その後、なぜかスクエニが許可して出ることになりました。それがこの本です。出版部門は一枚岩なのかもしれません。ゲームと出版部門が仲が悪いだけで。

アンソロを出して頂けるのは嬉しいですが、正直小説は絶対書きたくないので、どう断ろうと考えました。

そんな時、別の担当さんと打ち合わせでその話をしたら、ある文芸誌の担当が大御所漫画家に小説の依頼をして、〆切直前で「このままでは読者に面白い小説を届けられない」と大御所が悩み始め、その文芸誌の担当は「いや先生の文章が読めるだけで読者は嬉しいですからお願いします」と懇願したらしいです。しかしその言葉が「つまらないものを読者に届けろと言うのか」と大御所漫画家の怒りを買い、結局〆切直前で小説の依頼を断ったらしいです。

その担当さんはそこまで読者のことを思ってる○○先生（大御所漫画家）は凄いと褒めてましたが、内心（えっめちゃくちゃクズやん。でも大御所だといいエピソードになるのか……大御所になりてぇ……）と思いながら聞いてました。

でも読者や編集者が漫画家に求める小説ってそういうことなのだろうなと思って書くことにしました。例えばアイドルや芸人やモデルが小説を書くようなもので、モノ書きのプロと比べ完成度は低くてもその人が書くことに価値がある。あとプロ野球よりたまに芸能人とかの野球大会とかのが見てて面白く見えたりするでしょ。そういうものです。

差し当って、とりあえず俺より下手な文章の奴に会いに行くという感じで近所のブックオフに行き、芸能人の小説を立ち読みしました。意外とみんな書けていて、(これゴーストライターだろ)とか、(いや逆に書けすぎてて普通でつまんねーよ)と悪態をついて本を戻し帰りました。

で一気にやる気を失い、結局〆切直前まで書かなかったので地獄を見ました。ていうか見ています現在進行形で。つーかこのあとがきを書いてる現時点でまだ完成していない始末です。朝8時です。

でも基本的に適当に生きてきてなんとかなった人生なので、この本は出ているはずですし、僕の小説も完成しているはずです。出来は読者に任せます。

ちなみに作中で智子がふたなりは気分ではないと書きましたが、ちょうどこの小説を書いてるときにDLsiteで敵がふたなりちんぽでマゾ受けメスイキ主人公のエロRPGゲームをDLして、これが思いのほか良くて、今僕はふたなりの気分です。思いのほか良かったせいで、小説が遅れました。

それからこのアンソロの表紙ですが何故か智子が講談社ＢＯＸの本を持っています。作画に智子に適当に本を持たせとけばいいよとアドバイスして、仕事場にその時あったのが講談社ＢＯＸの本だったのでそうなりました。途中でわかりづらいから星海社の本にすればよかったと思いましたが、時間がなかったのでやめてそのままにしました。

最後にこのアンソロジーに参加して頂いた、相沢沙呼先生、青崎有吾先生、辻真先先生、円居挽先生（小説がどの順番で載るかわからないのであいうえお順です）、本当にありがとうございました。先生方の小説を読んだとき、この企画はじめてやってよかったなと思いました。でも自分で小説とあとがきを書いている今現時点では二度とやるかとも思います。

そしてこの本を手にとって下さった読者の皆様、どうもありがとうございました。

谷川ニコ

作画と原作者がアンソロジー制作に奮闘する絵（あえて原作の1枚の挿絵をあとがきに持ってきて、作画コストを浮かせて作画原稿料を星海社からそのままもらい、なおかつそのアイデア料として作画から原稿料の30％分をもらおうとしている原作者の絵ともいえる）

谷川ニコ
TANIGAWA NICO

Writer's Comment

辻真先 TSUJI MASAKI

自己紹介させていただきます。みなさまに可愛がってもらっている黒木智子の遠縁の曾祖父にあたるという噂の、本職は推理作家でも内職はアニメ脚本家の辻と申します。お初にお目にかかります(……って、『名探偵コナン』で会ってるかも)。さっさと買って読まないとこの作者は老衰で死ぬかもしれないぞ!

青崎有吾 AOSAKI YUGO

岡田茜が推しか、といわれると自分でもよくわからないのですが、アンソロの話をいただいた瞬間から彼女について書くことは決めていました。吉田さんとの間のなんともいえない距離感が特に好きで、マイナーさは自覚しつつ、今後もひそかに注視したいと思います。どうもありがとうございました。

相沢沙呼 AIZAWA SAKO

加藤さんを描きたかったのですが、彼女の内面を描くわけにもいかず、とはいえもこっちの視点は自分の筆と合わず……。散々悩んだ末、意外なところに適任者がいることに気がつきました。ある意味では、もこっちに対する僕たちの眼差しと重なる部分があるのではないでしょうか。

円居挽 MADOY VAN

二次創作をする際はいかにも原作でありそうな話を作るのが癖です。なので今回もある程度節度を持って挑む……筈だったんですが、執筆途中で「いや、二人をラブホに行かせたくない?」と思った瞬間に全てがおかしくなりました。その結果が挿絵2枚という特別扱い……本当に申し訳ありませんでした。

星海社
FICTIONS
タ1-01

私《わたし》がモテないのはどう考《かんが》えてもお前《まえ》らが悪《わる》い！
小説《しょうせつ》アンソロジー

2019年11月15日　第1刷発行

定価はカバーに表示してあります

著　者 ——— 谷川《たにがわ》ニコ　辻真先《つじまさき》　青崎有吾《あおさきゆうご》　相沢沙呼《あいざわさこ》　円居挽《まどいばん》
©Nico Tanigawa/Masaki Tsuji/Yugo Aosaki/Sako Aizawa/Van Madoy
2019 Printed in Japan

原　作 ——— 谷川ニコ
©Nico Tanigawa

監　修 ——— スクウェア・エニックス
©SQUARE ENIX

発行者 ——— 藤崎隆《ふじさきたかし》・太田克史《おおたかつし》

編集担当 ——— 太田克史

編集副担当 ——— 丸茂智晴《まるもともはる》

発行所 ——— 株式会社星海社
〒112-0013 東京都文京区音羽 1-17-14 音羽 YK ビル 4F
TEL 03(6902)1730　FAX 03(6902)1731
https://www.seikaisha.co.jp/

発売元 ——— 株式会社講談社
〒112-8001 東京都文京区音羽2-12-21
販売 03(5395)5817　業務 03(5395)3615

印刷所 ——— 凸版印刷株式会社

製本所 ——— 加藤製本株式会社

落丁本・乱丁本は購入書店名を明記の上、講談社業務あてにお送りください。送料負担にてお取り替え致します。

なお、この本についてのお問い合わせは、星海社あてにお願い致します。

本書のコピー、スキャン、デジタル化等の無断複製は著作権法上での例外を除き禁じられています。

本書を代行業者等の第三者に依頼してスキャンやデジタル化することはたとえ個人や家庭内の利用でも著作権法違反です。


ISBN978-4-06-517231-5　　N.D.C.913 207P 19cm　Printed in Japan